当代最具实力作家散文选 • 李骏虎卷

# 纸上阳光

李骏虎◎著

中国言实出版社

图书在版编目（CIP）数据

纸上阳光 / 李骏虎著 . -- 北京：中国言实出版社，2018.6
（雄风文丛 / 王巨才主编）
ISBN 978-7-5171-2795-6

Ⅰ . ①纸… Ⅱ . ①李… Ⅲ . ①散文集－中国－当代 Ⅳ . ① I267

中国版本图书馆 CIP 数据核字（2018）第 130964 号

出版发行　中国言实出版社
地　址：北京市朝阳区北苑路 180 号加利大厦 5 号楼 105 室
邮　编：100101
编辑部：北京市海淀区北太平庄路甲 1 号
邮　编：100088
电　话：64924853（总编室）　64924716（发行部）
网　址：www.zgyscbs.cn
E-mail：zgyscbs@263.net

经　　销　新华书店
印　　刷　阳谷毕升印务有限公司
版　　次　2018 年 8 月第 1 版　　2022 年 1 月第 2 次印刷
规　　格　710 毫米 ×1000 毫米　1/16　13.25 印张
字　　数　160 千字
定　　价　39.80 元　　ISBN 978-7-5171-2795-6

# 何妨吟啸且徐行

王巨才

二十世纪最后几年，文学界一个引人注目的景观，就是散文热的再度兴起。进入新世纪以来，这种热度仍在持续升温。这其中，尤以反思历史与传统文化的“大散文”“新散文”理念风靡盛行，出现一批思接千载、视通万里、谈古论今、学识渊博的作品，给散文园地增添了新的色彩和样态。与此同时，传统意义上靠阅览、回忆、清谈、抒怀等书写人生百态的散文作品，也有一定变革，多数作家不再拘于云淡风轻的个人世界，从远离红尘的小情小感中脱离出来，融入充满生机与活力的现实之中，写出大量贴近大众生活的优秀作品，受到广泛赞誉。大体来说，这二十多年来我国的散文领域一直保持着潜心耕耘，不惊不乍，静水深流，沉稳进取的良好态势，情形可喜。

这套“雄风文丛”的十位作家中，吕向阳和任林举是专以散文创作为职业和志向的散文家，曾先后获得鲁迅文学奖和冰心散文奖，是散文领域的佼佼者。石舒清、王昕朋、野莽、肖克凡、温亚军、吴克敬、李骏虎和秦岭八位则都是久负盛名的小说家，他们的小说作品曾分别获得过鲁迅文学奖等奖项。这些小说家绝不是“跨界融合”，他们的散文毫不逊色，从作品的质量和数量上看，他们从来没把散文当作小说之余的“边角料”，而是在娴熟驾驭小说题材、体裁的同时，也倾心散文这种直抒胸臆、可触可感的表达方式。从这些小说家的散文里，更能感受到他们隐藏在小说后面的真实的人生格局和丰赡的内心世界。

宁夏专业作家石舒清，小说《清水里的刀子》曾获第二届鲁迅文学奖，并被改编为同名电影在东京电影节获得大奖。这本《大木青黄》是他第一本综合性随笔集。书中的"读后感"类，是阅读过程中就一些作品所作的印象式点评，借以体现和整理自己的审美取向和文学观点；"写人记事"类，写到生活中一些印象深刻的人和事，字里行间充满深长的思绪与感怀；第三部分涉及个人的兴趣爱好，比如喜欢体育、喜欢淘书、喜欢书法、喜欢收藏等等，笔致生动活泼，读之饶有兴味；"作家印象记"，知人论事，是对自己"有斯人，有斯文"这一观点的考察和验证。其他如"文友访谈"及往来书信等也都是作家本人工作、生活、思想情感的多侧面展现和流露，从中可以感受到一位知名作家疏淡的性情、厚实的学养和开阔的思想境界。

王昕朋是位饶有建树的出版人，也是创作颇丰的小说家，出版有长篇小说《红月亮》《漂二代》《花开岁月》等多部作品。他的散文视野广阔，感觉敏锐，情思隽永，文笔清新，从中可以看出，他写东西并不求题材重大，也不迎合某些新潮的艺术习尚，而是铺开一张白纸，独自用心用意地去书写自己熟悉的动过感情的生活，从中发掘自然之美，心灵之美，感受生活的芬芳，人间的纯朴。一组美文，构思精巧，意蕴深长，绘山山有姿，画人人有神，充满浓郁的诗意和睿智的哲思。生活中，美的呈现是多样的，刚正不阿、至诚至勇是美，敦厚谦和、博大宽宏也是美。王昕朋发现了这些生活中的人性美，并且抓住极富典型意义的美的细节和刹那间美的情态，用点睛之笔，透视出人物性格的光彩和灵魂的美质，给人以强烈的感染。

天津作家肖克凡的小说获奖无数，让他久负盛名的是为张艺谋担任编剧的《山楂树之恋》。他的散文《人间素描》以老练精短的文字记录一个个普通人物，从离休老干部到"八零后"小青年，极力展现社会生活百态，从而构成生机盎然而又纷繁驳杂的"都市镜像"。在《汉字的望文生义》中，作者讲述中日韩三国文字含义的异同，如日文“手纸”、韩文“肉笔”等汉字闹出的误会，涉笔成趣，令人忍俊不禁。《自我盘点》是作者自我经历的写照，体现了“文学的生命是真诚”的写作观，不论是遥远的往事还是新近的遭逢，都留有成长和行进的清晰足迹。《作思考状》其实是对某些对社会现象的严肃思考，有批判也有自省。《怀旧之作》的一个个人、一件件事、一桩桩情感，虽没有惊天动地的事件与杰出人物，却是作者真情实感的记录。《我说孙犁先生》，文字朴实，情感真挚，表达了对前辈作家独特的认识与由衷的景仰，在伤逝感怀文章中别具一格。

与唯美派的散文形成对应，野莽的文字如删繁就简的三秋之树，力求凝练和精准。他在所谓的文化大散文和哲理小散文中独寻他路，主张并实践着散文的思想性和历史感。他往往在颜色泛黄的岁月里打捞记忆，以情绪沉淀后的淡淡幽默再现特殊年代的辛酸和苦涩，每每发出含泪的笑。书中写到的“右派”父亲喂猪的故事正是如此。在文体理论上，他对散文的诠释是自然形成于诗与小说之间的一片辽阔的芳草地，在这里，小说家可以摘下面具，以真身讲述真情和真事；飞天路上的诗人也可以暂回人间，轻松地打开自己的心灵。国外大学选译他的散文作为中国语教材，想来自有道理。

温亚军的短篇小说获得过第三届鲁迅文学奖。与小说的虚构不同，他的散文完全忠实于自己的人生经历，大多取材于早年的记忆。他的童年和少年都是在西北乡村度过，记忆中，乡村的生活虽然艰辛，但充满着温暖和亲情。童年的愿望简单而质朴，他写怀揣这个愿望及至实现愿望过程中的满足和愉悦，叙事平实，情感真纯，每每能唤起读者共鸣。记忆的深刻性与性格乃至人格紧密相关，他的记忆之所以筛选出的多是温情暖意，是因为艰苦的乡村生活和淳朴的生长环境塑造了他宽厚善良的品格，《时间的年龄》《低处的时光》等都是通过一段记忆，构成一种考问，一种自省和盘点、一种向往与追求。而像《一场寂寞凭谁诉》等篇什中那些从历史洪流中打捞的点点滴滴，那些被作者的目光深情注视、触摸过的寻常事物，经由他的思考、探索和朴素的表达，也总能引发人们内心的波澜和悸动。

陕西作家吕向阳曾获冰心散文奖。他扎根关中大地，吸吮地域沃土和民间风俗的营养，相继写出《神态度》《小人图》《陕西八大怪》等五十万字的系列长篇散文，这在城市化的车轮即将碾碎老关中背影之际，无疑有着继绝存亡、留住民间烟火的担当。三万字的《小人图》是作者从凤翔木版年画中觅得的一组“异类”和“怪胎”。民间艺人把“小人”的使坏伎俩镌刻成八幅版画，吕向阳的剖析则由此生发开来，重在考问国民的劣根性，着力于诫勉与警省。《神态度》系列是从留在乡民口头的“毛鬼神”“日弄神”“夜游神”“扑神鬼”“尻子客”等卑微细碎的神鬼言说中梳理盘辫出来的，这些言说最早在西周之前就出现了，如果忽略它们，将是关中文化的损失，也是中华传统文化的失血。这些追述关中民风村情的散文，需要智慧，需要眼界，更需要广博的知识与执着的耐力，吕向阳付出的心血令人尊敬。

吉林的任林举以报告文学《粮道》获得第六届鲁迅文学奖。他的散文在精神取向上，一向以大地意识和忧患意识见长。他的诸多散文，突出表现即为情感的浓烈和哲思的深刻。而从文章的风格和技巧上考量，他又是一位最擅长写景、状物的作家。凡人，凡事，凡物，一旦经过任林举的笔端，定然会获得不同寻常的光彩或光芒，有时，你甚至会怀疑那人那事那物是否是一般意义上的文学客体；显然，其间已蕴涵着作家独到的理解与点化之功。至于那些随意映入眼帘的景物，经过他的渲染，便有了“弦外之音”和“象外之象”，有了一番耐人寻味的意蕴、情绪或情怀。这一次，任林举以《他年之想》为题，一举推出近六十篇咏物性质的散文，读者或可借此窥得其人生境界或散文创作上的一二真谛秘笈。

吴克敬是第五届鲁迅文学奖获得者，他进入文坛，是一种典型，从乡间到了城市，以一支笔在城里居大，他曾任陕西一家大报的老总。他热爱散文，更热爱小说，笔力是宽博的，文字更有质感，在看似平常的叙述中，散发着一种令人心颤的东西，在当今文坛写得越来越花哨越来越轻佻的时风下，使我们看到一种别样生活，品味到一种别样滋味。从吴克敬的作品中，能看到文学依然神圣，他就是怀着这样的深情，半路杀进文学界的。他五十出头先写散文，接着又写小说，专注于文学创作的他，看似晚了点，但他底子厚、有想法，准备得扎实充分，出手自然不凡。社会生活的丰富多彩和纷扰烦乱，在他人，只是领略了些许表面的东西，吴克敬眼光独到，他能透过表面，发现潜藏在深处的意蕴。他写碑刻的散文，他写青铜器的散文，都使我们惊叹其对历史信息的捕捉与表达，更惊叹他对现实生活的挖掘和描述，散文《知性》一书，充分展现了他的文学才华。

作为鲁迅文学奖获得者，山西作家李骏虎以小说成名，但从他的创作轨迹不难发现，他的散文写作历史更长。他以散文写作开始文学生涯，兴趣兼及随笔和文学评论。在把小说作为主要的创作形式后，李骏虎从来没有放弃散文，他的笔触始终跟随脚步所到之地，无论出国访问还是国内采风，都“贼不走空”，写出一篇篇具有思想华彩的散文作品，体现出朝学者型作家迈进的趋势。《纸上阳光》是李骏虎近年读书阅史沉潜钻研的成果，从“纸上得来未觉浅”和“阳光亮过所有的灯”两组系列文章不难看出，一个具有小说家飞扬想象力和史学家严谨治学态度的人文学者是如何苦心孤诣辛勤笔耕的。

近些年来，实力作家秦岭在《人民日报》《光明日报》《中国作家》《散文》《文艺报》等报刊发表大量散文随笔，叙说自己在生活与文学之间行走的发现与思考。他善于在历史和时代的交叉点上思考人生与社会，注重视角的多重选择和主题的深度开掘，既有对乡情的深深眷恋和回味，也有对自然和生态的无尽忧虑和追问，更有从自身阅读和创作经验出发，对当下文化、文学现状的深刻反省和诘问，从而使叙事富含思辨色彩、反思力量和唤醒意识。构思新颖、意境高远、韵味悠长。其中《日子里的黄河》《渭河是一碗汤》《走近中国的“大墙文学”之父》《烟铺樱桃》《旗袍》等作品，多被北京、广东、天津等省市纳入高中语文联考、高中毕业语文模拟试卷“阅读分析”题，受到专家好评和读者的欢迎。

文章合为时而著，歌诗合为事而作。在众多文学样式中，散文是一种最讲情理、文采，最能充分表达作家对时代生活的真情实感，也最能发挥作家艺术修养和文字功力的文体。《文心雕龙》讲:“情者文之经,辞者理之纬;经正而后纬成,理定而后辞扬,此立文之本源也。”情有健康晦暗之分,辞有文野高下之别。作家的使命,是以健康思想内容与完美艺术形式相结合的作品去感染人、影响人、塑造人,进而推动历史发展和社会文明进步。纵观“雄风文丛”的十位作家,他们经历各不相同,创作各有特色,共同的是,他们都把文学当作崇高的事业,始终以敬畏的心情对待每一次创作、每一篇作品;他们与人民群众保持着密切的联系,坚持从丰富多彩的现实生活中获取创作资源和灵感:他们有高尚的艺术追求和鲜明的精品意识,竭力以精美的精神食粮奉献广大读者。正因为如此,他们的作品总能较为准确地反映时代的本质、生活的主潮、人民的呼声和愿望,总能给人审美的愉悦、心智的启迪与精神的鼓舞与激励。或者换句话说,在我们看来,这套丛书里的作品,正是当下社会需要、人民期待的那种弘扬主旋律,传播正能量,有道德、有温度、有筋骨又有个性和神采的作品。中国言实出版社精心组织这样一套丛书,导向意图不言自明,其广受读者欢迎和业界重视的效应,自可期待。

(作者系中国散文学会会长、中国作家协会原党组副书记)

# 目录

## 卷二 阳光亮过所有的灯



## 卷三 致我们永恒的文学之心

# 卷一

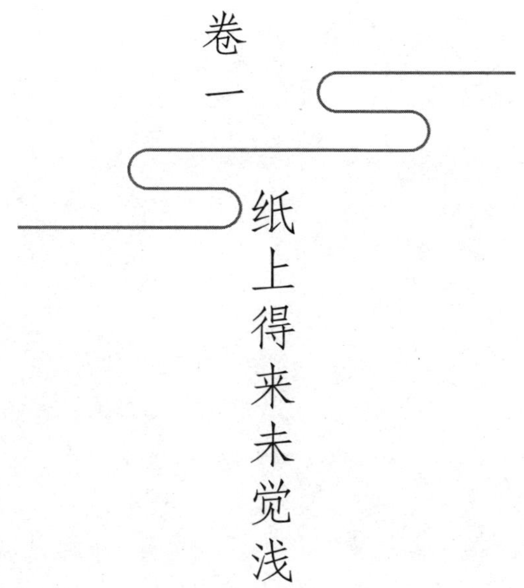

# 纸上得来未觉浅

# 汉的长安

## 捻土成城

微末之物曾经是世界奇观，耀眼的光芒总会造成盲点，当我站在汉未央宫荒草萋萋的遗址之上，忽然对脚下的黄土和头顶历史的长河生发无限感慨。“伤心秦汉经行处，宫阙万间都做了土。”当年元代散曲家张养浩从这里经过，作此浩叹，七百年来被传颂吟哦无数，却没有人问过：何以万间宫阙都做了土？建于四千三百年前的英格兰威尔特郡索尔兹伯里平原的巨石阵屹立如初，为什么晚两千年的秦汉宫阙却归于黄土？而在大汉所开创的古丝绸之路的另一端，建造于同一时期的古罗马遗迹万神庙和斗兽场依然保存了当年风貌？当时并称于世的两大文明载体，西方的依然屹立于大地之上，而东方的早已湮灭在黄土之下，这里面有什么玄妙呢？

哪里会有什么玄妙，导致汉长安和古罗马不同命运的原因只是造城的材质不同而已：汉长安的万间宫阙都是黄土筑就，而古罗马的城堡则由花岗岩和火山灰制成的混凝土建造——黄土怎么能够经得住千百年的风吹雨打？而花岗岩几乎是地球上最耐风化的石头。而今，“东长安，西罗马”的璀璨文明已经消失在历史的风烟里，汉家天下七十五平方公里的宏伟大城成为斜阳下远处几株稀疏老树和眼前几堵残垣断壁的废墟，以及脚下几处凤毛麟角的街衢地面，然而当我拨开覆盖在土城墙上的蒿草酸枝，当年版筑留下的密集夯坑清晰可见，如同龙鳞残甲，昭示着一个强大的文明捻土成城的伟大奇迹。

在秦晋高原之上，不唯独造物主用黄土创造了崇山峻岭和千里沃野，一个诞生于其上的强大民族还用自己的智慧魔术般地变幻出了黄土筑就的巍峨宫阙和伟大都城。汉长安城的城墙、宫殿、民居都是就地取材，用黄土筑就。黄土，黏性不强，最怕阴雨洪水，以至于亘古至今把一条大河染黄，把一个民族的肤色染黄，人们是怎样用它筑城造屋的呢？我老家在晋南的洪洞县，行政区划虽然属于山西，风土民俗上却属于关中文化圈，小时候常见村里的乡亲们用黄土筑墙，用的就是数千年流传下来的版筑工艺：首先把墙基格局挖出来，铺上砖石瓦砾，为的是防止地基下沉和被积水泡塌，然后用两排椽子并排做成模范，有时是椽子夹着木板，把黄土填充在模范之间，要略高出椽范。接下来要用到的工具，是把一根粗大的木柱镶嵌在一块平底方形或者圆形的巨石里，木柱上端穿洞，插入木杆作为扶手，柱身箍有两排铁环，用来穿绳，这个东西就是“夯”，依靠石头的重力来夯实版范间的黄土。小的夯可以由一个人来操作，垂直提起来砸下去，一般用于拓土坯，筑墙用的夯都相当巨大，要两个人面对面握着扶手保持垂直和引导方向，两边有两个或者四个甚至更多的人拉着穿在铁环里的粗绳，喊着号子把夯拉起和砸下，握扶手的人负责指挥，高亢地喝起一声：“嘿——呀！”两边拉绳的人回应一声：“嗨——呀！”木夯随声起落，夯石砸在温柔绵软的黄土上，发出瓷实稳妥的一声："嗵！——"然后领夯人就地取材唱起大家都觉得有意思的"打夯歌"，大家一起和"哎嗨哟"，常常是看到什么唱什么，目的是诙谐幽默活跃气氛，比如说：

大伙儿使点劲哟——哎嗨哟！
一会儿有肉吃哟——哎嗨哟！
主家打了酒啊——哎嗨哟！
叫你喝个够哇——哎嗨哟！

围观的人们就"哈哈哈哈"笑得前仰后合，主家赶紧去割肉打酒了。

那样的节奏和劳动场面，既有音乐般的享受，又有战斗般的血脉偾张，我一个不谙世事的毛孩子，常常沉醉地站在一边看叔叔伯伯们打夯，常常一站就是一上午，陶醉地跟着他们喊号子，莫名其妙眼里就会留下泪来，仿佛那不是一种高强度的体力劳动，而是一种亘古流传下来的敬神仪式。

学生娃在看咱哟——哎嗨哟！
是不是逃了学哟——哎嗨哟！
听完歌赶快回呀——哎嗨哟！
学文化最重要啊——哎嗨哟！

大夯砸实砸平了，再用小夯砸出密集整齐的坑凹来，然后才能继续把椽子和板子加高填土，这样新土就能在这些坑凹里生根，跟墙成为一体，更加牢固。如此反复，墙体不断长高，理论上讲，如果墙基够宽，这样的墙可以长到无限高。劳动往往产生艺术，打夯也是这样，为的是忘记身体的疲劳和痛苦，我小时候听过无数“打夯歌”，真的很长精神，旋律犹在脑际，可惜很多不能记得歌词了。可以想象，当年汉相萧何举全国之力建造未央宫的时候，数以千万计的民夫同时喊着号子打夯，那是什么样的壮观场面啊。无论埃及的金字塔，还是中国的长城，这些世界奇观都由劳动人民的血汗和智慧筑就，无数人的躯体和生命成为历史车轮滚滚向前的铺路石。

这种版筑工艺，有些地方也俗称“干打垒”。关于版筑工艺的历史，可以追溯到春秋战国时代，《孟子·告子章句下》第十五章中说“傅说举于版筑之间”，说的是役徒傅说因为版筑技术高超而得到了重用，足以说明在那个时代版筑技术在土木建筑工程中是占有主导地位的。从用黄土来筑墙建屋，发展到用黄土来造宫殿城池，对版筑技术的工艺要求是非常大的，这其中关键的因素就是土质，黄土质地松软，黏性不强，造普通的房屋还可以，要造高耸的宫墙城垣难度就大了，所以常常需要在黄土里加入胶泥。胶泥，就仿佛石头里的玉，需要在黄土里面挖掘发现，当在一个土丘上取土的时候，常常会一镢头下去，发现黄土里切出了一块肉红色的泥块，顺着“泥筋”挖掘，就会取出来一窝胶泥矿，按照一定比例把红色的胶泥掺入黄土，好比水泥掺入沙石，就会筑出石头一样结实的大墙来。通常为了增加墙体的韧性，会按照比例给黄土里掺入压扁的麦秸或者棉花丝，棉花丝造价太高，老百姓一般用麦秸。王公贵族们建造宫墙大院，为了彰显富贵和保证安全，常常不计成本，会用米汤和泥来筑墙。关于黄土筑墙的“添加剂”，作家王小波在其作品《红拂夜奔》里有非常精彩而有趣的描写：

洛阳城是泥土筑成的，土是用远处运来的最纯净的黄土，放到笼屉里蒸软后，掺上小孩子屙的屎（这些孩子除了豆面什么都不吃，除了屙屎什么都不干，所以能够屙出最纯净的屎），放进模版筑成城墙，过上一百年，那城就会变成豆青色，可以历千年而不倒。过上一千年，那城墙就会呈古铜色，可以历万年而不倒。过上一万年，那城就会变成黑色，永远不倒。这都是陈年老屎的作用。

这样的荒诞手法，看着好玩，却也很说明问题，所以当我站在汉长安城的未央宫废墟上，用手拨开残垣断壁上的蒿草和酸枝，看到那些密布墙根的夯洞，脸上不由露出会心的笑容，同行的作家朋友们当然不知道我想到了什么，为什么会露出“蒙娜丽莎”的微笑，我也不好说出口。那么，用添加了童子屎的黄土筑成的城墙到底会不会万年不倒呢？黄土筑就的千年、万年的土长城我没有见过，有数百年历史的明代土长城我还真爬过，颜色已然开始由黄泛白，真的开始发豆青色，并且已经开始石化，光滑瓷实，拿起一块石头砸一下，只能出现一个浅浅的白点儿。1997 年我二十来岁的时候，一个人穿着交通征稽警服搭车去大同的云冈石窟，没有钱买门票，孤身绕到后山，为了到达石窟景区，爬上了这段依然高达两丈许的古老城墙。本来以为是黄土嘛，可以随处掏坑爬上去，不想快到城头时失去了可以攀爬的角度，用手指去掏坑，却只划出了几道白线，看看脚下已经有两层楼的高度，却进退不得，绝望感袭上心头，对黄土可以变为青石有了深刻的印象。但目前除了汉长安城的遗址，千年的土城墙似乎不易见到了，所以王小波后来又接着说：

李靖、红拂、虬髯公住在城里时，城墙还呈豆青色。这说明城还年轻。可惜不等那城墙变成古铜色，它就倒了，城里的人也荡然无存。所以很难搞清城墙会不会变成黑色，也搞不清它会不会永远不倒。

王朝更迭，兴废勃然。即使城墙真的不倒，统治者的都城也不会拘于一地，所以汉长安城虽然历经十三朝，最终还是被废弃，如果没有汉长安城的废弃，就没有唐长安城的建立；如果不是隋之后再没有王朝在汉长安城建都，我们今天就无法看到保存如此完整的汉长安城宫阙遗址原貌。

## 两个长安

汉长安城和唐长安城是两回事情：唐长安城就是现在的西安，而汉长安城遗址却在西安市区西北方的未央区，这里就是秦都咸阳旧址，也就是说，刘邦当年平秦灭楚称帝之后，就在秦都咸阳的原址之上修建了他的都城长安。而长安城的命名却也不是刘邦的独创。

这里边说来话长。早在公元前350年，秦孝公迁都咸阳后，建立郡县制行政，就曾在此地设立过长安乡。后来秦始皇的弟弟成蟜，被封为长安君。西汉王朝建立后，高祖刘邦把秦都咸阳改为长安，作为都城，应该是他目睹了秦帝国的短暂辉煌，希望自己的江山能够万年永固，而“长安”暗合了他的心意，后来他改秦兴乐宫为长乐宫，又在长乐宫之西的秦章台宫旧址建未央宫，“长乐”、“未央”也都是取“无穷无尽”的寓意。《诗经》之《小雅·庭燎》云：“夜如何其？夜未央。”屈原《楚辞·离骚》也有“及年岁之未兮，时也犹其未央”之句，都是这个意思。在汉长安城出土的瓦当和方砖上，均有“长乐未央”的篆书刻字，瓦当上是阳文，方砖上是阴文，这是考虑到了摩擦损坏——瓦当在头上，方砖在脚下。

有汉一代，“长乐未央”成为长安城的主题，它对我们这个民族气质的形成也起到了决定性的作用。而西汉却并不是故步自封贪图享乐的朝廷，用“和亲”的委曲求全政策渡过政权初建时经济、军事的薄弱时期后，经过“文景之治”的休养生息，西汉王朝国力逐渐恢复，开始向控制西域诸国的匈奴发起军事和外交的双重打击，汉武帝建元三年（公元前 138 年），为联合大月氏共同攻打匈奴，朝廷招募使者出使西域诸国，郎官张骞应募持节率众出使。郎官就是皇帝的侍从，平时看守门户伺候车马出行，但随时可能被委以重任。张骞意志坚定，被俘不屈，历尽千难万险不辱使命，十九年后又以中郎将的身份再次出使西域，两次出使不但完成联合大月氏和乌孙国以“断匈奴右臂”的任务，行程还到达今阿富汗等地，其副手的行程则到达更为遥远的中亚甚至西亚地区，开创了古丝绸之路。东起长安西至罗马的丝绸之路，将沿线的中华文明、南亚的印度文明、西亚的波斯文明和欧洲的古希腊、罗马文明连接在一起，实现了东西文化的大交流，为推动世界文明的发展做出了巨大贡献。佛教就是西汉晚期先传入中国，然后经中国传入朝鲜和日本，从而改变了东方文化的格局，完成了一次世界历史上重要的文化交流。

汉虽强大，两汉的帝王，却多数反对奢靡。项羽攻入秦都咸阳后，火烧宫阙，大火三月不绝，几乎所有的宫殿都化为焦土，只有兴乐宫侥幸仅存，刘邦带领群臣在栎阳暂住，等待丞相萧何整理修补兴乐宫，然后草草住进来，改兴乐宫为长乐宫。安顿下来后，萧何主持在章台宫的废墟上兴建未央宫，任用“秦之旧匠”阳成延为将作少府，修建宫室宗庙，两年后竣工。未央宫建在长安城地势最高的龙首原上，地势高峻，显得特别的雄伟，刘邦平叛回来，征尘未洗，萧何请他来验看，汉高祖被未央宫的宏伟壮丽惊呆了，等到把张大的嘴巴合上，他龙颜震怒，不顾百官群臣在侧，厉声斥责丞相萧何，一点面子也不给：“天下匈匈，劳苦数岁，成败未可知，是何治宫室过度也？”——国家还不太平，老百姓的吃穿问题还解决不了，我这江山还没有坐稳当，你怎么可以修造这样极度奢华的宫殿？！

的确，连年征战之后，西汉初年民生凋敝到不可想象，高祖刘邦出巡想找四匹颜色一样的马来拉车都没有，丞相萧何上朝干脆只能坐牛车，突然看到这样一座突兀华丽的宫殿，难怪刘邦要发火。

萧何对曰：“天下方未定，故可因以就宫室。且夫天子以四海为家，非壮丽无以重威，且无令后世有以加也！”他提醒刘邦，其他的都可以将就，但是天子没有一座壮丽的宫殿，怎么能体现出统御天下的威严呢？再说了，一次性建好，省得后世子孙重复建设，这样的百年大计是有必要做的。

刘邦也就不好说什么了。其实，无论未央宫外表多么富丽堂皇，不过都是土木建筑而已，把一座龙首山削成楼梯形的三个大台面，剥开的土方夯筑成宫墙，材料上是非常省俭的，那些巨大的空心砖和汉瓦也都是黄土烧制，若非就地取材，宫墙周长八千八百米，建筑面积五平方公里的规模巨大的宫室是不可能在两年内完工还要“精装修”的。虽然遗址上曾经有过村落居住，那些遗落在草丛中的柱石却显示了当时人力物力的简约，这些支撑宫殿巨大木柱的石墩，并没有像后世一样被削成规则的方形或圆鼓形，并雕龙画凤，而是简单地打磨出一个平面来，能够保证木柱的平稳就行，其他部分依然保持着一块青石的原始样貌。

和后来设计成四四方方的唐长安城不同，汉长安城没有经过规划，受秦都咸阳的布局和渭水的制约，逐渐形成了一个曲曲折折的“北斗”形状。自汉高祖五年（公元前 202 年）宗庙建成正式定都，至孺子婴初始元年（8 年）王莽篡汉，西汉王朝在此定都二百一十年之久。王莽的新朝又以汉长安城为都十三年。光武中兴之后，未央宫被赤眉军烧毁，刘秀定都洛阳，是为东汉。东汉末年汉室衰微，献帝被董卓挟持烧掉东都洛阳又迁回汉长安城。魏晋南北朝时，晋愍帝曾定都汉长安城五年，之后前赵、前秦、后秦、西魏、北周都曾在此建都，或十年，或二三十年不等。直到581年隋王朝建立，隋文帝杨坚在汉长安城定都一年，嫌弃这里宫室陈旧、规模狭小，在据此东南二点七公里外修造新的都城，名为大兴城，把宫廷和居民全部迁往新的都城。而原先的汉长安城则纳入上林苑的范围，从此再没有被作为都城，因此保留了汉代都城的完整遗址留存至今。

唐代隋之后，将隋都大兴城更名为长安城，成为唐长安城。而汉长安城却静悄悄地躺在上林苑，历经隋、唐两代三百多年的时光后，被荒野掩埋起来，直到2006年，中国政府与联合国教科文组织合作发起丝绸之路联合申遗，汉长安城遗址作为古丝绸之路的起点，被拂去厚厚的历史尘埃，重新焕发出异彩。2012年，汉长安城国家大遗址保护拆迁启动，核心区内九个村一万五千村民结束了在掩埋着这座曾经举世瞩目的伟大城池上的土地上的耕种生活，曾经由微末的黄土铸就的世界奇观，再次在黄土中显现……

自秦始皇以降，在秦咸阳城、汉长安城登基的有三十六位皇帝，此前在咸阳旧地为诸侯的有秦国六位王公，中间王莽末年绿林军、赤眉军各在汉长安城拥立过两位刘姓短命皇帝，如果把这些人都算上，那么在这座大城当过皇帝的就有四十四位了。若从公元前350年秦孝公迁都咸阳算起，到582年隋文帝迁都大兴城，汉长安城作为都城在历史上存在了九百三十二年，这期间算上闰年闰月，足足有一千年的岁月之久。这样久远的历史，即使从中华远古神话盘古开天地算起，也是一段及其重要而辉煌的时间节点了，何况，神话也是以现实为根基的，远古女娲抟土造人的美丽传说，与上古捻土成城的人类壮举，难道不是交相辉映的吗？近代以来我们常常呼喊的“众志成城”，不是也从上古先秦两汉这座伟大的城池找到了根源了吗？所以当我置身这片完整而伟大的遗址之上，不由生发出“微末之物曾经是世界奇观，耀眼的光芒总会造成盲点”的感慨。我所说的“耀眼的光芒”指的是汉唐两代绝世无匹的灿烂文明，那耀眼的光芒使我们忽略了一座雄伟大城的黄土本质，而那些纵横捭阖的雄主们头顶的光芒，也使我们忘却了芸芸众生的劳作才造就了东长安、西罗马这样人类的世界奇观。

# 梅溪晋韵

闽越多溪。

不是人们常说的山间小溪流，是大溪，可承当水运，甚至建设大型水电站。大溪有多大呢？以交溪为例，它是福建省第三大河流，第一是闽江，第二是九龙江。它没有江河之谓，也绝不屈尊做江河的支流，由福建东部直接独流入海，是闽东最大河流。

梅溪，发源于武夷山东部的梅岭，因而得名。梅溪比不上交溪的壮阔，声名却有过之，它不只是一条河流，它倒映着有宋一代诗词和理学最璀璨的星斗，柳永、陆游、杨万里、朱熹，他们饮梅溪酿的酒，走过梅溪上的石桥，泛舟梅溪上吟哦，在梅溪畔设坛讲学，诗章著述的华彩，人文际遇的轶事，都让梅溪成为中华传统文化的重要地标之一。

梅溪两岸村落都以梅为名，上游有上梅村，下游有下梅村。北宋词人柳永生于上梅村，及长出乡关到汴京应试，因所作多为歌姬吟唱，毁誉参半，仕途坎坷，落了个“奉旨填词柳三变”，虽有井水处皆歌柳词，难免内心凄凉，思念梅岭梅溪：“一望乡关烟水隔，转觉归心生羽翼……”

我辗转半日迢迢数千里来访梅溪，放眼两岸，虽不复柳七哥少年时的烟村古柳夫子第，依然孔桥卧波，树影横斜。来时路上，我就在想象陆放翁言“萧鼓追随春社近，衣冠简朴古风存”的情景，所作虽不是指梅溪，眼前村落山环水绕，分明就是“山重水复疑无路，柳暗花明又一村”，对应得很。陆游曾两次任武夷山冲佑观提举，武夷山风光，梅溪水徘徊，多少抚慰了他怀才不遇的隐衷，仕途的多舛并没有影响到诗人的爱国情怀，他醉心于大好河山，赞美百姓安居乐业的桃源美景，并且邀请好友杨万里来偕游梅溪两岸。两位当世最负盛名的诗人缘溪而下，经过下梅村，见田舍俨然，鸡犬相闻，鸭儿泆于粼粼水波，雅雀归巢森森古树，杨万里睹景生情，口占一绝《过下梅》：

不待山盘水亦回，溪山信美暇徘徊。
行人自趁斜阳急，关得归鸦更苦催。

与杨万里的客旅之叹不同，一代理学宗师朱熹则在梅溪之畔的五夫镇生活了半个世纪之久，其洋洋大观的两千五百万言著述都是在梅岭下的朱子巷完成，圣人过化，儒风传世。朱熹常往来于上下梅讲学，流连于梅岭野村的梅影暗香之间，留下“晓登初移屐，寒香欲满襟”的佳句。朱子尝于前往武夷宫讲授途中，过下梅村之遥山，登顶歇脚之时，遥指梅溪环绕之地对弟子言：“吾看此处景致绝佳，颇具文昌意象。”

梅溪之人文佳话，大略如上。这是我此行之动因，却不是我这篇文章要写的主题。

我来访梅溪，原本是想写一篇以武夷山茶文化为背景，借朱子行迹探讨一下理学之于国人心性的文章，改变初衷是在参观了作为清代武夷山最重要茶叶集散地的下梅村芦下巷，讶异地发现芦下巷的景隆号茶庄，就是当年武夷岩茶远销中俄边境恰克图的万里茶路的起点，而创造这一历史辉煌，使得武夷山岩茶举世闻名的，竟是我们山西晋中榆次的晋商常氏！今天的梅溪两岸，已不闻柳三变、陆放翁、杨万里的佳篇遗墨，也不见朱子授课的学宫，人们津津乐道、处处映入眼帘的是“晋商”二字——“晋商万里茶路起点”、“晋商贩茶第一站”、“晋商与景隆号茶砖印模”、“晋商进行武夷岩茶贸易的‘集春号’茶行”，不一而足，这里简直就是当地人开设的晋商万里茶路博物馆，就连唐代的山西人薛仁贵父子也在这里享受着香火，被当作神来敬仰。

无论贩茶的榆次常家还是开票号的祁县乔家，多因对朝廷有捐献而获赠武功将军或朝议大夫。正是由于晋商与朝廷关系密切，由于他们对政治地位的热衷，使得他们有机会得到与国家政策密切相关的商机，也使得他们有眼光和胸怀去做旷世仅有的大生意，榆次常家不远万里来福建贩茶到俄罗斯，就跟清廷对俄外贸政策有着直接的关联。自 17 世纪中叶以来，欧洲开始“尚茶”，尤其是俄罗斯人，对中国茶叶的喜爱到了“宁可三日无食，不可一日无茶”的地步，明代时候，俄宫廷就遣使来中国请求互市，未准。到了清顺治至康熙年间，俄国干脆直接派遣商人来当大使，以便借机进行少量茶叶贸易，这点进货量对于其国内巨大的需求量来说，不过杯水车薪，中国茶在俄利润巨大。晋商常万达看到了此种商机，用异于常人的眼光和魄力审时度势，从晋中迁居到中俄边境的恰克图。乾隆二十年（1755 年），清廷不准俄商赴京，指定中俄贸易统归恰克图一处，常万达占尽先机，得天时占地利，他深知俄国人对茶品的挑剔，为在商业竞争中取得最大优势，常万达毅然决定不远万里到福建武夷山购买岩茶。武夷岩茶品质有多高？清代袁枚曾感叹："故武夷享天下盛名，真乃不忝！"

晋商常万达父子牵着十余峰骆驼风尘仆仆来到闽北大山中的下梅，他们看到的情景正如当时大学士、军机大臣王杰诗中所写："鸡鸣十里街，日出千鼎烟。"是个拥有千户人家的大村镇了。当时的武夷岩茶，主要是乌龙茶和红茶，已经由水路远销广东和东南亚，颇负盛名。此时的梅溪，早已不是一条人文的河流，俨然已经成为繁忙的水运河道，建有四处河埠码头，装卸吞吐着下梅茶市的货物。富甲天下的山西客的到来，如飞鸽入林惊起鸦雀一大群，下梅的茶商都蠢蠢欲动——谁能够与"西客"联手，谁就将成为下梅首富。常万达并不急于收茶，耐心地观察物色着生意伙伴，看到在当地四大茶商中，来自江西的邹氏更讲诚信，于是决定与邹氏的"景隆号"茶庄合作。从景隆码头装货的竹筏由芦下巷河埠下水，进入梅溪水路，成一时之盛况，据《崇安县志》记载："每日行筏三百艘，转运不绝。"

常氏父子在下梅设庄后，创立了收购、加工、贩运一条龙方式，将散茶加工成更加便于长途运输的红茶和砖茶，雇佣当地工匠上千人。每当茶期，车马浩荡运输至河口，再雇用船帮，走水路经信江、鄱阳湖、长江至汉口，沿汉水运至襄樊，转唐河，北上到达河南社旗，社旗有十家专为山西茶商兼做保镖的客店，称十家店。而后转由马帮驮运到洛阳，过黄河，越太行，经长治、晋城，出祁县子洪口；换畜力大车继续北上，经太原、大同至张家口或归化，再换骆驼穿越茫茫大漠，最终到达库伦、恰克图商城。全程七千余里。常家的骆驼队兴盛时达到上万峰，驼运也延长到从黄河到莫斯科。因为晋商贩茶，合作伙伴邹氏成为下梅首富闽商巨室，下梅也成为武夷山最热闹的茶叶集散地，横贯下梅的当溪两岸店铺鳞次栉比，兴建起高门大户七十余座，带动了从下梅到恰克图沿线七千余里的茶叶生产、水陆运输、保镖客店甚至青楼行当的兴盛，拉动了大半个中国的经济繁荣。

常家在恰克图设庄主营武夷茶，俄商买茶后再向西横跨西伯利亚，直至遥远的莫斯科、圣彼得堡，以及西欧和中亚国家。从武夷山下梅到欧洲，这条纵贯中国南北，穿越中、蒙、俄大漠草原，横跨亚欧大陆全长一点三万公里的国际商贸通道，被誉为“晋商万里茶道”，先后延续两个世纪之久。晋商不畏艰险、筚路蓝缕的开创精神，为东西方经济和文化交流史谱写了壮美篇章。晋商到武夷山贩茶，历经二百余年，常家收购了多座荒废的茶山，用晋商锲而不舍、精益求精的精神，把武夷茶的种植规模和品质都推向了一个巅峰。“先有复盛公，后有包头城”，说的是晋商乔家对西北发展的影响，而常家更是开辟了两个世纪的中欧万里茶路辉煌，树立了晋商的历史丰碑。

梅溪悠悠，茶香氤氲，晋韵流长。

# 广西两章

## 北海之北

我从来没见过一座城市有这么多的摩托车。

我从来没见过一个港口有这么多的木渔船。

我从来没见过一片沙滩有这么多的小生灵。

从北海市区去往银滩，坐三路公交专线，人不太多并且能够靠窗坐的话，很能享受到观光的惬意。当然，这座城市还不够发达，市郊的情形甚至连内地乡镇集市的繁闹也不如，但只要接近港口，渔乡的风光就足以悦目赏心了。但你要有心理准备，否则就会和我一样被震撼。我是真的被震撼到了，海边的话，南海我去过海口、三亚、香港，黄海去过青岛、烟台、威海，渤海去过北戴河、塘沽、大连，东海去过厦门、上海和浙江，我以为所谓海边几乎都跟这些地方一样，渔业都成为旅游业的一部分，近乎于表演了，所以当我突然面对北海的北部湾海运码头，看到无以数计的渔船从天边排到眼前，左边无限远，右边无限远，多到眼界里居然塞不下，我震惊了。然而，让我觉得触目惊心的不是渔船的数量，而是它们的形态，它们几乎都是木船，一律的乌黑残破，不知道在惊涛骇浪中风雨飘摇过多少个年头，你挤我，我挤你，密密匝匝排到天边，黑压压不知道有多少。并且，还不止一层，很多小船摞在大船上，也是一样的残破，它们已不再像舟楫，更像是劈柴，或者这里是千百年来报废渔船的垃圾场，就像我们在好莱坞电影里见过的报废车辆处理场。然而又不尽然，因为显然最接近岸边的一排渔船，它们简易的锚链扔在乱石之间，它们是泊着的，虽然泊在淤泥里。并且，在远处近海的船上，似乎还有水手在劳作。

我对北海产生敬意了，和我来之前想的不一样，它还不是一个靠旅游来维持民生的城市，它还要靠传统的劳动，靠打鱼来生活，这是个朴素的地方，是个还未曾被夺去灵魂的地方。

其实，昨晚在霓虹灯里到达北海的时候，我就发现些端倪了。街上穿行的摩托车之多，我在印度首都新德里见过，在国内反而第一次见。摩托车反映一个城市的发达程度，它的经济指标，今天白天，走过北海的街头，街边存车点的摩托车之多，蔚为壮观，会让人误会北海是个摩托车交易市场，甚至为了方便摩托车骑行，马路牙子专门留着几十厘米宽的慢坡。这里和越南接壤，大致可以猜到越南的发达程度，因为毗邻的城市的地理条件和风土人情也是接近的。我没有去过越南，那年省作协组织作家访问越南的时候我正挂职，公务走不开，但听回来的人讲，越南表面上不发达，但其实是国穷民富，老百姓过得挺滋润。我倒希望北海也是这种状况，表面不够现代和发达，但人民富足而幸福。

劳动，甚至在驰名中外的碧海银沙的银滩上也到处可见，一个老奶奶拿着特制的镢头，不停地敲击潮水刚退的硬实沙滩，凭着听觉就知道下面十几二十厘米处有没有沙虫，她提着篮子，戴着斗笠，蒙着面巾，在好奇的游客们眼皮底下安闲地劳作，不时用敏捷的动作剖开沙滩，捉住一条沙虫扔到篮子里。在北海，一斤沙虫也就几十块钱吧，她这一天能挣个一二百块钱的样子。比老奶奶更勤劳的是和沙子一样多的沙蟹，我从没见过一块沙滩有这么多的沙蟹，它们把北海所有的沙滩都改造了，把湿润的沙子全部滚成了绿豆大的沙球，数万公顷的沙滩都被它们打满了洞，不像沙滩了，倒像一张细密的天罗地网，恰似一场急雨打在尘埃里，遍地麻坑，或者初春前即将被草芽顶破大地的大草原。那些蜘蛛般忙碌的沙蟹，你不知道它们究竟在忙些什么，就像上帝也不知道芸芸众生到底在忙碌些什么。

但我记住了北海，这是个劳作不休的地方，在银色的沙滩下面，是数不清的小生灵，它们让我知道我曾经以为死寂的沙滩，其实也是生命的乐园。

## 涠洲之涠

涠洲之涠，四面环水，岛也。

从北海的北部湾海运码头坐渡轮去往涠洲岛，轮船出海，才能够得见港口之内真正的渔船，和在公路上看到的侧畔沉舟不同，那些现代化的钢铁渔船巨大威严，一样的密集，如同待检阅的战斗部队，很是提振精神。这些钢铁巨物之间并没有缝隙，比当年赤壁曹家用铁索链接的战船还要紧密，应该是潮水的作用。有的船上四周悬挂着千百盏数百瓦的大灯泡，为了在夜晚作业时吸引鱼群。航道两侧都是渔轮，数不过来，大概总有个数千艘，这是很壮观的景象了，我之前从未见过，它们再次印证了渔业才是北海的支柱产业，人们惯于劳作。

在涠洲岛上过除夕，我是有顾虑的，据在海运码头为渡海快艇招揽生意的人讲，岛上基本上是原始的村落，除夕有可能电力紧张，不要说看晚会，恐怕要摸黑过节了。但我们还是上了岛，坐载客的小三轮摩托穿越岛上狭窄的公路，路两边都是密集的香蕉林，乍一看和我们晋南的玉米地不差多少。香蕉很繁茂，但不似我们在内地常买来吃的尺把长的大香蕉，都是手指长短的小香蕉，也没有人看护，大概，香蕉在这里真的跟玉米在晋南一样，不过是普通的庄稼吧。我也是第一次见这么大片的香蕉林，三轮车跑了二十多分钟，还是跑不出香蕉林去。这些香蕉林，再次唤起了我与生俱来的农民情结，我幻想着回去后买一辆皮卡，或者以前叫“的士头”的那种带斗的汽车，开到我晋南的故乡去，可以在不同的季节拉些物产到村里的老院子，或许，那样的生活写成日记，也比现在挖空心思想象出来的小说更有张力更接地气些吧。

从码头到全岛的中心地带南湾，有公交车、观光电瓶车两种正规的交通方式，每客十元，还有当地人揽活儿的面包车和三轮车，因为春节的缘故，三轮车也要三十元才肯去南湾，但是如果你坚持只出二十元，也会拉你去，并且不会贸然把你拉到他家去住宿吃饭。看环岛公路修建的状况，这里迟早会有一条环形公交线路来取代目前多元的交通方式，对旅客来说是方便多了，但必然会触及当地居民的利益，到那个时候与民争利的事情必定会在这块尚未过多的沾染铜臭的土地上重演。

对停电的担心是多余的，我们住到了不错而且价钱很便宜的酒店，推开窗户就是涠洲岛最好的海湾南湾，海面上停泊着几排小型的玻璃钢渔船，和在港口见到的钢铁渔轮不同，这些扁舟似的渔船更有烟火气息一些。短暂的午休之后，我们租了一辆电动摩托车做环岛游，在鳄鱼山的火山口，有着别致的海滩，数千米的海岸线都是火山岩浆形成的地貌，那些黑色的石头如百兽闹海，它们透露了这座岛屿的来头，猜得不错的话，在若干年之前，这片距离北海四十多海里的海面上，并没有一座叫涠洲的岛屿，然后海底的火山喷发了，又喷发了若干年，当火山冷静下来后，一块新的陆地浮现在海面上。这也没有什么神奇的，地壳运动莫不如此，神奇的是在火山形成的寸土不附的数十公里长的崖壁上，长满了一种我们通常在盆景里才能看得到的植物：仙人掌。你能想象到厚实多刺的仙人掌像爬山虎一样密集地爬满悬崖峭壁吗？它们的根系钻入岩浆石的空洞里，从那里汲取潮水的湿气和石头里的矿物，居然茁壮而繁盛，就像物种入侵一样占领着这里，把涠洲岛用天然的“铁丝网”保护起来。我第一次见这么多的仙人掌，也许我应该把它们看作跟晋南的野草一样普通的植物，才不会这样的触目惊心吧。

涠洲岛让你感叹生灵伟大的，还不只这些植物，在南湾有一道数千米长的防潮堤，远远望去，是黑色的石头铸就，到了跟前再看，哪里是没有生命的碳酸钙无机物啊，每一块巨石都是由甲壳类动物的尸体沉积而成的，有贝类，也有螺蛳，他们被一种神奇的物质黏结在一起，每一块贝壳上都附有无数细小的螺蛳，那些螺蛳像花骨朵一样刚刚张开，里面原本的软体物质也钙化了，但看上去好像生命还存在，探头探脑蠢蠢欲动。这样多的生灵，它们在大海里就像黑暗的山洞里沉积的蝙蝠粪一样深厚，在沧海桑田的变幻里成为石头，又被开采来做成防潮堤。在这里，似乎生灵凝结成的巨石们也是普通的，但当我面对它们时，我说不出话来。这一次却不是因为之前没见过。

我想起来，从一进入涠洲岛鳄鱼山地质公园开始，脚下的台阶就不是石头，而是这样的甲壳类动物的凝结体，它们本身就是地质标本，就像在山西到处扔着唐砖汉瓦一样，它们在这里是最普通的基石，但谁又能说它们没有价值呢？

岛上的大年初一清晨让人振奋，几乎没有人懒散地睡觉，人们照常出海打鱼，太阳冒红的时候，水产市场上已经是热闹非凡了，大堆的生蚝、贝类像晋南冬天的红薯一样堆积着，价钱便宜到让你相信这些水产就相当于内地的土产，比如晋北的土豆一样的普通，内地珍稀的海参、鲍鱼，在这里一百块钱可以买满满一大盆。岸上是丰富的物产和熙攘的人们，海里是停泊歇息的水手和舟楫，人们用勤劳养活着自己，不论外面的世界多么浮华虚夸，岛上让人感受到上古尧天舜日时代“帝力何有与我哉”的理想社会图景。

涠洲之涠，四面环水。涠洲之围网，是狂长的仙人掌；涠洲之谓，照我看，是恒河沙数般的甲壳生灵包裹着一颗火山的心。

# 河北三思

## 一

从没想到，我对山野也会生出恐惧感。

在青山关古长城隘口的葱茏草木之中，驻操营遗留下的散居村落里，当大家在山间烛火夜色中各领到一把铁钥匙，分头去寻找寄宿的草堂和农舍，我的心里对幽居山林发出担忧和惧怕。我暗自羞愧，回溯三十年，我八九岁的时候，山里还有狼，猎人进山的季节，它们会潜入平川海潮般的庄稼地里，那个时候，我常常挥舞着一根木棍，在浓黑到遮掩了星光的夜色里，呼喊着在田间路上奔跑向莫测的野地，寻找摸黑劳作不休的父母回家吃晚饭。若干年以来，回归乡野的渴望慰藉着我干渴的灵魂，而当置身其中时，我为什么会心生恐惧，几成叶公好龙了呢？

这次不是对人的恐惧。很多年以来，我从小时候的怕鬼，渐渐明白了鬼是人弄出来的，人比鬼可怕多了，很多可怕的事情都是人做的。可眼下的恐惧却是从下午参观清东陵开始的，都怪清东陵管委会对我们这群作家太重视，管委会主任和导游中心主任亲自讲解，他们都曾是全国最优秀的讲解员，赵英健主任还曾作为专家学者在央视《百家讲坛》讲述过十几期的“清代陵寝之谜”，他们擅长把一些奇事讲得可信而可怖。两位着重带我们参观了乾隆的裕陵和慈禧陵，这两处最奢华的陵寝都曾在1928年遭受过军阀孙殿英的盗掘，据老兵日记载，炸开地宫最后一道石门时，乾隆满装珍宝的棺椁突然冲过来再次顶住了石门，吓得匪兵抱头鼠窜，而后赶来收拾乾隆尸骨的遗老皇族在泥水里捡拾起十全老人硕大的头骨，自骷髅两个幽黑的眼洞里，射出两道怨恨的青光。20世纪60年代清东陵初成立文物保护单位时，专家下地宫进行保护清理，发现乾隆的棺椁再次抵住了石门。

而慈禧身后的遭际则更为悲惨，匪兵打开棺椁，发现老佛爷容颜依旧，盗走无数奇珍异宝后，将尸身弃于地宫一角，扒去衣衫搜寻珠宝。老佛爷仅着一条小裤趴在泥水里，七七四十九天之后，前来收拾尸骨的遗老族人看到慈禧尸身上长满了一寸多长的白毛，好像一个大猴头菌。几位命妇亲手为老佛爷清洗尸身，又置于棺椁之中。许多年后保护专家打开棺盖，惊讶地发现，尸身已风化为一具完美的干尸，可以媲美埃及的木乃伊。在清东陵少数未曾遭劫的陵寝中，顺治帝的孝陵至今完好无损——大盗小贼都明白，掘开崇尚节俭且按祖制火葬的顺治的陵寝，除了得到两三罐骨灰，不会有什么奇珍异宝，孙殿英也明白这一点，他炸开好大喜功的乾隆的裕陵和奢华无比的慈禧陵，拉走十几卡车珍宝，却无心冒犯顺治。谁说身前未知身后事呢？后果总是有前因。

当置身慈禧陵阴冷无比的地宫中，确定老佛爷的干尸就在我们眼前不足一米的木棺内，我不能确定她是否在沉睡，但是一个生前恨不能扭转乾坤的人，谁知安息竟成奢望呢？纵然来到距离东陵一百公里外的世外桃源青山关，我的背上依然隐隐感到慈禧地宫中如冰似针的极寒。当各自手握一把铁钥匙，在树影幢幢下钻进老城门寻找属于我们的农舍，作家温亚军开玩笑说他依然能闻见慈禧地宫中的腐朽气息时，幽明变幻之中，确实吓着了我。

不知其他人都隐没在哪里，我以为自己会因为恐惧而睡不着，想不到一夜踏实又安稳，清甜一梦到天明。起来先听到潇潇洒洒的落雨之声，拉开窗帘，雨线穿林打叶，一派静谧安闲的山野晨景。雨珠在毛桃树狭长的叶面上跳跃，我记起昨天黄昏初到青山关，作家肖克凡山路上指点给我们看那些比梅子还要小些的桃子，告诉大家那便是毛桃，我一下子想起《西游记》来，孙悟空爱吃桃子。我小时候村东北有一处果园，那时吃过很多桃子，但已不能记得是否确如肖老师所说的那样的带点酸苦。

隔着窗玻璃领略雨打桃林满目翠绿，我突然对自己的写作有了反思：写散文虽然不多，历史却长，然而不知从哪一年起，下笔非要强调文章有思想，干吗非要这么为难自己呢？难道朴素平淡地把自然之美和人的真情写出来，就不是有品位的文学作品了吗？

## 二

这些年，人与人之间的情感越来越淡了，很多关系都演变成了经济关系，交情少了，交易多了。作家圈子里的朋友见面难免惺惺相惜，彼此取暖一下，诗人汪国真是我们此行的明星，所到之处众星捧月，然而吹散浮名走近了他其实是个朴素真诚的人，我俩挤在一把伞下，他在雨中的加油站揽着肩背找厕所，彼此间不过是亲切平凡的众生之一。跟朋友谈起朋友，是一种心灵慰藉：与祝勇聊起张锐锋，与乔叶聊起鲁敏，与肖克凡聊起吴克敬，与刘建东聊起韩思中，我们这一群人受到热情接待，但个个低眉顺眼，作为作家在各自的日常生活中，我们不求充当精神导师，能够适当地保持自己的尊严、优雅，在自我修养的前提下做好学问，已经殊为不易，否则，在这浮躁喧嚣的时代，面对神鬼不惧的人们，你还能指望去引导谁的精神呢?

河北埋葬了有清一代帝王们的文治武功、家丑国耻，从东陵到承德，皇帝后妃们的身影和秘事奇谈影影绰绰。康乾盛世足可流芳，在避暑山庄的“曲水荷香”小憩，望着文津阁的黑色琉璃瓦，我由衷敬佩这一对祖孙尊儒重道的情怀和文化功德，康熙主持编撰万卷《古今图书集成》、《康熙字典》，乾隆朝纪晓岚率近五百官员编成七亿七千万字的《四库全书》，敕建皇家藏书楼四处——文渊阁、文源阁、文津阁、文溯阁，储藏《四库全书》，称“内廷四阁”。因江南文人云集，又缮写三部，分藏扬州文汇阁、镇江金山寺文宗阁、杭州圣因寺文澜阁，称“南三阁”，成千古盛事。惜文宗、文汇二阁毁于太平天国之乱，文源阁在火烧圆明园时成为飞灰，而沈阳故宫中的文溯阁藏书，居然在一个时期被用作了炮仗皮!

一个文化人遭轻慢的时代，传统文化是割裂的，说礼崩乐坏、道德沦丧，归根结底是文化的问题：一个民族能否遵循恪守她的传统文化，是国民性塑造的先决条件。文化不是坚船利炮，却足以提振精神和自信心，于国于民莫不如此，和平时代尤为重要。乾隆一生写了几万首诗，被当时后世文人描摹赞颂至今，风流未被历史雨打风吹去。

## 三

从丰宁县城到县属坝上草原竟有二百四十公里，天地何其辽阔也！这一片丰美的草原远处群山环绕、奔腾起伏，是一块盆地，当年成吉思汗铁木真在此风水宝地建有行宫。蒙元帝国的疆域堪称世界奇观，令人惊叹，几乎覆盖了亚欧大陆。

江山固然壮丽，水草丰茂的草原美不胜收，傍晚篝火边的舞蹈也令人忘形，美酒羔羊无限好，却也勾人惆怅，若无汉赋唐诗宋词元曲借以抒怀、歌以咏志，什么功名红颜、霸业江山，不过一场云烟过眼。坚定文化自信，才是实现中华民族复兴的力量来源和情感基石。

# 沁河芳踪

应当是到沁水第一天午睡时悄悄落下的霏霏细雨，预示了这是一次略带伤感、却潮润心灵的诗意旅程。说到心灵，这已经成了我目下唯一敢于面对的东西，一个陷入生活的泥沼，事业上也心生倦怠的人，尚能面对自己的心灵，不隐藏心迹，似乎不能称为勇气，而是一种无奈的坚守，但又仿佛一个已经被敌人攻破城池的将军，站在夕阳下的城头，手握被血与火沾染的残破战旗，他在坚守，但坚守的是什么，坚守的意义又是什么，连自己也不知道了。长久以来，我把自己装扮成一个快乐的人，一个春风得意的家伙，只是为了掩藏我的城已破、心成灰的事实，不让人看穿我的伤感。此行，我本可以不来，可我已经对用出行来舒缓自己的心灵产生了依赖；或者，经过故乡洪洞之后，我又可以留下，不必再往前走，但是，我又贪恋着此行的戏谑带来的快乐，那种近乎恶作剧甚至自嘲般的取乐方式，太切合我的需要，它像海浪激起的一层白色泡沫覆盖在大海上，让别人看不到大海深沉的蔚蓝和无底的悲伤。就是这样，来到沁水之前，我一直不知道自己为什么来，就像那位坚守空城的将军，本身就是一个丧失了意义的符号，更像所有坠入人生迷雾中的人，找不到，也没有心气去寻找人生的方向。

我为什么这么絮叨？像一个困守许久的人，梦呓一般自语个不休？只有一个原因，那就是我真的废了，我曾经对文字的无限钟情和指挥若定都和对生活的激情一起如烟尽散了。没有人知道，这一年多来，我已经无力把一部万把字的短篇小说进行完，我总是写着写着就找不到感觉了，气就散了，我的激情和才情一起抛弃了我，那么决绝，那么无情。残留在我电脑里，十几部这样的残篇败章。我似乎得以洞悉，当年江郎不是才尽，而是和我一样，激情不再，心字成灰了。偶有所感所悟，写成散文和诗歌，写完了也想不到要发表，放在电脑里就忘了，有刊物的朋友约稿，无论是名刊大刊，或者普通刊物，一样的告诉人家没有现成的作品可提供，过后却发现有很多，暗暗吃惊自己如何像个老年人一样散淡、健忘了。而外界不明就里，有人猜我是获奖后对自己的作品要求高了，不轻易出手了；也有人判定我是眼光高了，不肯再把稿子给殷勤约稿的朋友。而我竟然连解释的欲望都没有了，哀莫大于心死，我现在才知道，我年少时也曾为赋新词强说愁，写过什么《废人之思》的矫情文章，而今真的废了，却欲说还休。

午后重游柳氏民居，多年前它还是一处被烟火百姓占据的荒村时，我就来寻踪过柳宗元后人的历史风云。古来大文人都是大政治家，唐宋八大家就是典型代表，我一直都以他们为偶像，高山仰止，景行行止，虽不能至，心向往之。但少年时，我是更爱辛弃疾的，为的是他腰里的剑不是装点门面，而是真的诗和剑都淬了火，所向披靡。“醉里挑灯看剑，梦回吹角连营。八百里分麾下炙，五十弦翻塞外声。沙场秋点兵。马作的卢飞快，弓如霹雳弦惊。”这首《破阵子·为陈同甫赋壮词以寄》并不是一个文人的狂想和梦呓，就是一位披肝沥胆驰骋沙场的将军的真实写照，辛弃疾二十一岁时参加抗金义军，曾亲率五十多人袭击几万人的敌营，杀入万马军中，生擒叛徒后全身而归，令敌人闻风丧胆。因为南宋朝廷的暗弱，辛弃疾出生前北方已经沦陷金人之手，为收复失地，他年仅弱冠就带领两千多人参加抗金义军，疆场驰骋，建功无数，并且写下六百多首词，其中不乏表达豪迈爱国热情和壮志难酬的恢弘篇章，读来令人血脉偾张，在这个时代，读读《稼轩长短句》，依然会激励我们的爱国热情和英雄情怀。然而，现实是残酷的，辛弃疾的才情和胆略为现实所不容，被投降派压制，壮志难酬，终因忧愤而卒，临终高呼："杀贼！杀贼！"我爱稼轩词，更爱他的情怀，但这些渐渐为岁月风尘掩埋，我的笔已锈蚀，心也成灰，事业和生活都进入困顿的迷途，前路茫茫，不知该去往何方。辛弃疾有恨，尚可发"了却君王天下事，赢得生前身后名。可怜白发生！"我却连恨都没有了，终日碌碌，年少轻狂时自负，学郁达夫，"曾因酒醉鞭名马，唯恐情多累美人"。回头想想，是否真的爱过都变得很可疑，曾因意识到自己是个"爱无能"而暗暗惊心。为了印证，也为了去疑，在心灰意懒之际也曾试过用爱情来调动自己的生活热情，倒是真体会到了"多情应笑我，早生华发，"真就多了几根白发，只可惜年纪已经大了，瞻前顾后，一片"慈悲心肠"只怕累及人家原本的幸福，终于无果而终。于是心更灰了。

多年前来拜谒柳氏民居，曾写过一篇游记《寻踪柳宗元》，自己编发在《山西日报》的副刊。今天再来，虽不复从前石缝里的野草和砖墙上的青苔，到底没有开发过度的痕迹，实在可看。但我却视而不见、听而不闻，无意识地尾随着大家，陶醉在自己的遐想里，视线被稀世难得一见的美牵扯着，灵魂被震慑着，仿佛提线木偶，又仿佛被勾了魂的躯壳，做着没有自主意识的梦游。是什么呢，不是花，花的美虽然也惊心，却没有内涵；类似于水，如涓涓溪流，清澈而隽永；又仿佛美酒，初尝怡人，渐渐醉人。原来这文脉深厚的沁水，还有更沁人心脾的美，仿佛温玉，仿佛清泉，令人沉浸其中，渐渐无法自拔，渐渐物我两忘。我进入忘我的境界，如游魂一般了。但这美实在无害人之心，她如璞玉，如甘泉，没有华光，只有甘洌，让人心疼，让人怅惘。我因此而忘形，因此而忘忧，因此而故意把自己灌醉，因此被打回原形，成为一个轻狂的家伙。但我的问题是，一旦发现自己真的在意，就放不开了，到底是本性良善，还是已无英雄情怀，无法判断，只是坚定地认为，越是感到美的，越不能亵渎。子曰:“吾未见好德如好色者也。”我却认定人若能敬美如敬神，就是人性的大美。子还曾经曰过:“乐而不淫，哀而不伤。”这是评《诗经·关雎》的话，意为对美的欣赏应该在产生愉悦感，不亵渎，不哀伤。可我为什么又愉悦又伤感呢？

于是渐渐明白过来，此来沁水，一为拜赵树理墓；二为游舜王坪，舜王坪的高山草甸，也是我早已向往的；三为寻访沁水公主园。闻汉明帝刘庄甚爱第五个女儿刘致，因刘致美而善，好雅静，明帝为爱女选择了一个如意郎君，开国元勋邓禹之孙高密侯邓乾，为了给女儿一块幽静祥和的封地，让自然环境和她的性格和谐，皇帝亲自踏遍山山水水，在沁河北岸找到一片幽静的竹林，“地在无尘境，人来不住天”，“筠篁突淇澳，风景胜江南”，便于此处修建了“沁水公主田园”，作为公主的陪嫁。而今沁园已经像楼兰古城一样成为美丽的传说，它的遗失之美，它的神秘之美，千百年来让无数文人墨客遗憾和向往，留下不朽的吟诵和美丽的词牌“沁园春”。元代耶律逊《过沁园有感》，极尽对沁园破败之美的遗憾之情：

昔年曾赏沁园春，今日重来迹已陈。

水外无心修竹古，雪中含恨庾梅新。

垣颓月榭经兵火，草没诗碑覆劫沉。

羞对覃怀昔时月，多情依旧照行人。

耶律逊的含恨，是因为修竹的无心吗？他实在不应该恨——至少他还能见“垣颓月榭”、“草没诗碑”，而我辈只能遐想它的梦幻般的幽静，他恨的是无缘得见那位温婉恬静的沁水公主，这位过沁园的行人犯了古往今来所有文人墨客的毛病，他太多情了。而我呢，我来沁园为的是什么，我一到沁河北岸就失魂落魄，难道不是心里有鬼，也来寻找公主的芳踪？

雨雾笼罩着舜王坪，传说中的远山圣境都隐没在一片白茫茫的雾海里，只能看到脚下的草丛中胭脂般鲜艳和红润的野草莓，红宝石一般养眼和内敛，我摘了一颗，带着露珠和叶片，小心地递给公主，请她品尝。她恬静地笑着，轻启玉齿，白生生的贝齿轻轻地咬住那颗胭脂，我不由看得痴了。恍惚间，眼前云雾浮动，哪里有什么公主，唯余一片白茫茫，就像我目下的人生处境。我早就掉队很远了，撑着在酒店租来的那把大伞，一个人踏上去往舜王庙的石板路，眼前高山草甸如同草原一般平坦，奇花异草遍布，不能呼出名字，耳畔雨声敲打着伞布，心中惆怅着戴望舒的惆怅。我独自撑着伞，一步三回头，走在这悠长又寂寥的石板路上，我希望后面跟来，一个公主一样，结着愁怨的姑娘。她是有公主一样的美貌，公主一样的芬芳，公主一样的雅静，在雨中哀怨，哀怨又彷徨；她彷徨在这寂寥的雾中，撑着一把蓝色的伞，像我一样，像我一样地默默彳亍着，温婉、恬静，又惆怅。她默默地走近，走近，向我投出叹息一般的眼光，像梦一般的，像梦一般的温婉迷茫。我多么希望，她能和我共撑一把伞，漫步在这悠长的路上，偶偶私语，互诉衷肠。

可是，在这雾中，她像梦一般地飘过，像梦一般的，我身旁飘过这女郎；她静默地远了，远了，走进眼前的雾墙，走进这雨雾，走进我的悲伤。在雨的哀曲里，消了她的颜色，散了她的芬芳，消散了，甚至她的叹息般的眼光，公主般的惆怅。我仍然是一个人，彳亍在高山草甸的雨雾之中，满心惆怅，前不见去处，后不见来路，伙伴们早就唱着歌消失在前面的雾海里，这会儿连歌声都听不到了。脚下是看也看不完的奇花异馥，路边有提示牌，说山中有珍稀的豹类和蛇族，然而我深陷这白茫茫的云雾之中，除了寂寥，竟然没有丝毫的恐惧感。是什么让我对生死如此漠然了呢，我甚至有一种对结束生命的渴望，我曾经是个多么热爱生命的人啊，而今竟然怯懦到要用死亡去逃避这不堪的现实，用最哀伤的方式来挣脱生活的痛苦，是什么让我如此的畏惧，如此的没有心力去走出这迷雾？我曾经对“生时丽如夏花，死时美如秋叶”的生死观不以为然，而今，从什么时候起，我居然暗暗认同了它？我一次又一次地出行，难道是一次又一次地出逃？可是我又能逃到哪里去呢？连舜王坪上都迷雾重重，又有谁能为我指一条光明之路？安徒生说，艺术是一条光明的荆棘路。人生何尝不是一条荆棘路，更糟糕的是，这条路往往不是指向光明，它的远方隐没在迷雾之中，洞穿它，走出它，需要多少的勇气和毅力啊？

然而，即使像我这样彻底颓废的人，也有把脚下的路走尽的时候，雨雾依然，看不见的前面却是人声扰攘了。这一路走来，我满心思念和遐想，那样赏看着这神秘的草甸上的奇花异草，却竟然没有想到，这里为什么有许多的名贵草药和珍稀花卉呢？你看那不起眼的弱小枝叶，不过几寸高低，仿佛普通的树苗，也许，它的根系就是一棵千年人参。这没有什么不可能，也没有什么奇特，因为这里，就是远古圣王大舜躬耕过的高山草甸，舜王坪啊！从远古到现在，中国只出现过原初的民主时期，那就是尧天舜日的时代；远古圣王，也只有尧舜二帝是真正的公天下，尧访贤得舜，禅让天下；舜效法尧帝，因大禹治水有功，禅位于禹；禹传位于儿子启，启建立夏政权，从此公天下终，家天下始，那种“日出而作，日落而息，帝力何有于我哉”的理想社会终结，成为传说。风卷雾流，眼前的迷雾如同历史风尘一样若隐若现，我看到一座石头砌成的小院落，三间矮屋，院墙颓圮，房后插着几面破旧的彩旗，像是一座庙宇的样子。大家都聚集在院子里，雨伞像各色的花朵盛放。我寻思这该是舜王庙？询问之下，果然是。这一刻我忽然想去拜拜大舜，一种因为敬仰而生的豪气从死寂的心中生发，暗暗激励着我潜在的功业之心，心中默祷：远古的圣王啊，你的赫赫功德、不朽仁心，与日月同辉、江河万古，让我这样蝼蚁般的生命也能穿越五千年而感受到你的力量，我来这里拜谒，只是想问问，一个灰心的凡夫俗子，还能否重拾雄心，成就一番功名？

我不愿大家窥破我的心思，等人都散了，才步入低矮的庙门，然而抬眼间，我看到慈爱庄严的大舜身边，左右端坐的是娥皇、女英两位姑姑。我的眼眶就湿润了，我猛省，我从娥皇、女英的故乡而来，是来看亲戚的啊。自小，我就常去唐尧故园玩耍，在汾河东岸的羊獬村，那里也是帝尧的两个女儿娥皇、女英出生和长大的地方，帝尧访贤得舜后，先把两个女儿都嫁给他，考验他处理家务的能力，后来才把天下禅让给女婿。每年的农历三月三到四月二十八，唐尧故园和舜的家乡万安镇的神里，都要举行盛大的庙会，作为娘家人我们无论老幼都称娥皇、女英为姑姑，称舜为姑父；而舜的家乡人，称舜为爷爷，称娥皇、女英为娘娘，因为是女婿辈，无论老幼都尊称我们娘家人为表叔。三月三娘家人抬着嫁楼敲打着威风锣鼓去万安把两位姑姑接回来省亲，四月二十八舜那边再派人来敲锣打鼓把两位娘娘接回去和人民一起收割麦子。这一接一送成为尧都平阳大地一年中最隆重的节日，沿途家家户户黄土垫道、清水洒街，门口摆上供桌，供奉着家中最丰盛的食品，焚香叩拜，争相把亲戚拉回家中吃饭住宿，一如远古理想社会一样的图景，绵延至今四千七百多年从没有断绝。我在故乡挂职分管文化工作期间，把这项举世绝无仅有的“神亲”成功申报为国家非物质文化遗产项目，也因此得到父老乡亲们的肯定。家乡父老对两位姑姑的尊重，似乎超越了对她们的父亲的膜拜，原因其实很简单，那就是两位姑姑能够治病救人，解救民间疾苦，而帝尧治理国家，管的更多的是大事，老百姓关注的不过是眼前和一己之身，正所谓“帝力何有于我哉”。

守庙的小伙戴着眼镜，像个读书人，问我是否要烧香，我告诉他我是从娥皇、女英的老家来的，来拜谒大舜和两位姑姑，他顿时眼里放出光来，像接待亲戚一样殷勤接待我。当执礼焚香，挺身跪拜在大舜和两位姑姑面前时，我却不知该如何祈祷了。我自家乡而来，对着两位温柔恬静的姑姑却无法启齿自己的心事，因为我没有把自己的生活经营好；当仰视大舜的仪容，我更加自惭，一个心灰意懒就要半途而废的人，有什么资格跪拜在千古圣王的膝下？我借着亲戚遮脸，心中暗暗许愿：两位姑姑，我来看你们，请保佑我的父母、孩子健康平安。然后我只能再发一声叹：大舜，远古的圣王啊，我还能重新振作，成就一番功名吗？大舜无言，两位姑姑无语，他们三个端坐在那里，夫唱妇随，恩爱有加，让人羡煞。多少年来，人们只记住了尧天舜日的功业，忽略了舜帝伉俪的美满姻缘，两位姑姑对大舜事业的帮助，对丈夫的热爱，更能彪炳千秋成为美谈。读《红楼梦》知黛玉号为潇湘妃子，却少有人知湘妃和湘妃竹的由来正是帝舜和娥皇、女英的爱情绝唱。当年，帝舜年老时，去烟瘴之地的湖南平叛，重病于荒山，两位姑姑闻讯千里赶往照顾，风尘仆仆赶到时大舜已经离开人间，两位姑姑连日痛哭，泪尽血出而死，血泪斑斑洒于竹林，至今湘地竹子都是泪痕斑斑，后人纪念娥皇、女英对大舜至死不渝的真情，尊二位姑姑为“湘妃”，把那些留下斑斑血泪的竹子称为“湘妃竹”。

出门时，守庙的小伙热情相送，也许，他不多见有人给功德箱里放那么多钱，和舜的故乡洪洞万安那个历山的恢宏大庙相比，舜王坪的小庙的确寒酸了些，但它同样承载着帝舜的不朽功绩；也许是我俗了，小伙真是把我当亲戚看待。我站在院门口，面对着依然茫然的雾海，在这个残破的石头小庙前，我仿佛是站在孤岛上的鲁滨逊，望眼欲穿，却看不到汪洋大海上有船的桅杆，更望不到那歌舞升平的人间的海岸线。但我真的听见我冷灰一般的心里有水声潺潺，它开始流淌着爱意的暖流，像阳光照射到远古的冰川，就要结束千年的冰冻。

我来到沁水，没有寻见沁园，未曾得见公主的芳踪，却有幸领略到她温婉恬静的美，她清新脱俗的花容。我拜谒舜王坪，更惊喜地得见两位姑姑的神仙仪容，更对她们的爱情心悦诚服。我不虚此行，在沁河的芳踪里，不仅有汉帝挚爱的公主，更有帝舜的两位爱妻，远古的绝唱和上古的神秘都在沁河的波光里浮现，这是一条功业之河，更是一条爱情之河。然而凭谁能告诉我，我的事业，我的爱情，也能不虚此生吗？没人能告诉我，我只能让我的公主在心头端坐，依然独自撑着伞。从舜王坪下到西峡，偶然驻足，仰头望着云山雾罩的摩天奇峰，当云雾流转之际，高崖峭壁上幻境隐现，仿佛天宫的琼楼；而眼前不远，在西峡的霏霏细雨中，有一对年轻人趁着这天上和人间混沌不清的美好景观拍摄婚纱照，新娘身上的白纱和山间流动的云雾相接，仿佛仙子下凡。就是这样，不幸的人眼前的迷雾，也是幸福的人眼里的天堂。但我愿意用真挚的微笑和热切的眼神为他们的幸福祝福，然后，微笑着转身而去，独自撑着一把伞，继续寻找公主的芳踪。

据说，生命是可以轮回的，那么，当千年之后，我和我的公主能够在红尘中相遇，她是否还能记得今天在沁河岸边的魂梦相会?是否还能认得出我哀伤的眼睛？如果公主的柔情真如这逝水一般不舍昼夜一去不回，她娇美的容颜也和时光一起化为流水，我愿意化作这沁河里的一根水草，在她的柔波里招摇，招摇着我的哀伤和幸福。

# 广武怀古

蒹葭采采，白露未已。

雁之北，自秦末刘项逐鹿，战云翻涌，雁门，是一个苍凉了两千年的诗歌意象。白露之时谒广武古战场，猎猎西风初起，拂动衣袂，如战旗逆着时光招展，心神也随那长空的流云游荡了去。

风中吹来大牲口的鼻息和汗腥，羊粪蛋被踩扁了，像紫色的葡萄皮撒在旧广武城门洞的甬道和砖石缝隙里。秋意在午后的空气里明明灭灭，呼吸间已嗅到历史风烟的味道。旧广武城是一座屯兵的要塞，当年辽进攻北宋的据点。城的规模不大，只算作一座巨大的堡垒，当年契丹人逐水草而南迁，建造这座夯筑的土城，是为了方便侵犯北宋，不幸的是他们遇到了劲敌，骁勇善战的杨家将，反成就了那满门忠烈的千古美名。此时站在广武城头，西南望，数箭之地可见六郎城的遗址，坍塌残破，但依然是一座要塞的规模，在秋光里的剪影黝黑如铁，凛然不可进犯。这样剑拔弩张的对峙并没有一直延续着血雨腥风的历史，在萧太后时代，辽宋议和后居然有了七十年的兵戈止息，在这段相对漫长的和平岁月里，广武城里渐渐迁入了百姓，炊烟取代了烽烟。置身晋北之地，你需要转换思维才能接受这里原属契丹。而辽终究没能像女真和蒙古一样，入主中原一统华夏，终于亡于宋金联手。而今站在旧广武城的敌楼，俯瞰四面城墙环抱的房屋街道，满满当当安安静静，像一个婴孩安睡在母亲温暖柔软的怀抱，入眼入心，那样的幸福感充溢在身心。走在广武城沿革古制的街巷，这里已没有雄骏的战马，只有拉车的毛驴和雌雄莫辨的骡子安闲地踏过千年砖道，仿佛逝光回转的老人们坐成一排排晒着暖阳，无论是我们这样民族混杂的闯入者，还是憨笑着打量我们的原住民，都压根没有了民族隔阂，大家都是中华民族，不但有着一样的历史认同感，更有着一样的现实焦虑感。

无论是旧广武城扼守的古隘口，还是南面的内长城，家国天下时代的民族战火已随烽烟飘逝于历史，风雨侵蚀了城垣，早在女真人改金为清入关之后，民族战争这一页算是翻过去了。

广武汉墓群，老百姓叫“乱冢”，方圆二十余里，封土堆两百余座，大的壮观如蒙古大汗王帐，小的更似数不清的军帐星罗棋布，在这金戈铁马、马革裹尸、铁马冰河啸西风的古战场，仿佛一座人嘶马喊的军营。蒿草衰凄，战云依稀，令人不敢发怀古之幽思，只恐被杀气夺去魂魄。雁门一带墓群如天上星斗不可胜数，“秦时明月汉时关，万里长征人未还”，令人遐想，令人激荡，无数战死沙场的将士忠骨无法还乡，是否就埋在这座座封土堆之下呢？然而，自汉伊始，家天下的墓葬制度几近苛刻，这些动辄十米上下的封土堆，岂是一般将士能享有的规制？有意思的是，这一片乱冢历经千年，任人猜测，却在 1937 年也是这样一个九月里，被侵华日军的随军学者盗掘考证为汉墓，在那风光不再积贫积弱的年代，我们连老祖宗的历史都要靠人家认定。

关于广武汉墓群还有一种说法，当年六郎杨延昭为震慑契丹人，用席子围成筒装填沙土伪装成绵延不绝的粮囤，让敌人不敢轻举妄动，所以又称“谎粮堆”。现在看来，这只是人们对忠烈的美好构想。众说纷纭，只会增加神秘的美感，纵然我们有着强烈的求知欲望，也要预先想到，谜底揭开的同时也宣告了美的毁灭。有时候，我们更需要体验神秘的伟大存在。如同宇宙的深远莫测，永远震慑着我们感知美的心魄。

明洪武七年（1374 年），将旧广武城的土城墙重新修葺包砖，六百多年之后，城砖多被扒下来建了民居，不仅这小小的城池，就连蜿蜒山脊的内长城，也早被扒得肌肤裸露。踩着残砖碎石走在内长城残垣上的荒草间，目极处山外有山，令人敬畏，脚下是深谷沟壑，步步惊心，我感知了一下自己的内心，已不像以往那般耿耿于怀、患得患失，总是意难平，如这曾经雄伟也残酷的长城，在岁月风霜之后，平和而苍凉了。年轻时，人人都是诗人，“醉里挑灯看剑，梦回吹角连营”，做着书生报国的英雄梦，如今尽收这满目青山，却不由设身去体会千年以来那无以数计的戍边将士抛家舍业一命至此，何以排解思念，以何信仰支撑精神？“醉卧沙场君莫笑，古来征战几人回？”那些如恒河沙数般的微末生命，那些千古绝唱的表现对象们，才是真正伟大的诗人！他们如同这亘古不变的夜空中的繁星，不能一一指名，但正是这满天繁星的排列方式，向我们昭示了历史的本来面目。那些逝去的灵魂流萤般飞升，不起眼的毫光汇集成星空的壮丽，向我们传达着宇宙神秘的力量。历史就是在这种力量的驱动下，浩荡向前。

# 雨城遐思

这个七月，全中国都不轻松。大雨在长江中下游狂泻如注，我已经不敢看电视新闻报道和微信上的图片，而应邀去雅安“芦山强烈地震”灾后恢复重建三周年采风活动的行期日渐迫近。我从天气预报看到东南的雨线有向西南偏移的趋势，四川将进入雨季，而我要落地的成都双流机场已经开始下雨了，明知道将要去的雅安山区公路常会在雨后落石，不知为什么，心里反而轻松了一些。

下双流机场航站楼的扶梯时，抬头看到一幅醒目的公益广告：一只巨大的红盖矿泉水瓶子上拴着一枚价签，标价二十万，旁边写着两行字：“今天不珍惜水，明天……”显然，这是一幅提醒人们节约用水的广告，当时，我心里是一如既往认同的，并且觉得这个广告的创意实在是不错。然而等到和河北作协副主席胡学文兄会合后，跟着前来接机的雅安文联热情的小伙魏斌走出航站楼，撑开雨伞的那一刻，我下意识地看了看巴蜀彤云密布雨雾迷蒙的天空，思想突然就被一个悖论和疑问攥住了：老天爷，你到底是缺水不缺水啊，我们在为地球的节水忧心忡忡地宣传，你却年复一年地把南方灌成泽国！

很多事情仔细想一想都很意味深长，比如说，在全中国人都在为长江中下游无休无止的大雨忧心如焚的时候，我们却冒雨来到了雨城雅安。这里位于神秘的北纬三十度，自古就有“华西雨屏”、“西蜀天漏”之称，即使不在这样的雨季，也是“雅雨”频仍，年均降雨量达到一千八百毫米！如果不是湖北、安徽、江西等省份的人民正饱受雨灾之苦，“天漏”这样的美誉真是值得好好体味和把玩一番，而今，天是真的漏了，它把东南数省灌成了一片汪洋泽国。然而，这真的该怪罪老天吗？所谓“天作孽犹可恕，自作孽不可活”，多少年来我们任性地拦江筑坝、填湖造地，完全没有把老天爷放在眼里，忘记了尊重和顺应大自然的规律，忽略了一个惊悚的事实：当天雨落地，它们会执着地寻找原来的家园——湖泊，哪怕湖泊已经变成了豪华小区！

这世上的很多问题，归根究底都是人自身的问题。对于我们身处的环境是如此，对于自己的内心也是如此。很久没有出门了，来到雨城雅安的第一个晚上，见到许多久违的文坛师友，我就忘情地喝醉了。而这次宿醉的欢乐与痛苦，却使我在不经意间完成了内心的一次重要的重新建立。多少日子以来，因为自己民主党派干部的身份，自春天里得知自己被统战部门推荐，可能要被调配到政府部门去工作，这么多年在文学中修养出来的安静气和平常心遭遇了空前考验，变得焦虑和浮躁起来，虽然也在努力地调整自己，但既定的创作计划还是再三地搁浅，是心态发生了改变。平心而论，对于可能到来的人生道路的改变，我是纠结和撕裂的——文学已经和我血脉相连，小时候，它是我的梦想，而今它是我的事业；同时我也清楚，虽然自己曾经在很年轻的时候有过几年挂职县政府班子领导的经历，但现在能否再次适应政府部门工作。这些都是我即将面对的考验和难题。在这个节骨眼上来到雅安参观“灾后重建”，我自己首先面临着“内心的重建”。

在蒙顶山参观中华茶文化演进历史，走过一个展板后，我又折返回来仔细品咂玩味上面的文字：

三国时门阀渐显，王公贵族争富斗奢。因茶味苦，一些有识之士纷纷提出以茶养廉。

茶味苦，可以养廉。这是我第一次听说的茶的功用，茶有那么多的功能和益处，大体都是健身和清心的，唯有茶祖本源的蒙顶山告诉你，它还可以养廉。有那么些年，在改革开放使物质极大丰富之后，部分地方掀起一阵穷奢之风，名烟名酒专卖店应运而生遍布大街小巷，然后，在经历了一场轰轰烈烈的反腐霹雳手段之后，奢靡之风消退了，随之，品茗清心的茶叶店在大小城市中潜滋暗长，喝茶，真的是随风清气正的社会环境应运而生的。我读史书少，不知道喝茶是否真能养廉，但茶香替代酒气真的可以感知一个社会阶段的风气。离开蒙顶山，我没能记住茶祖的名字，但我记住了这句话：茶味苦，可以养廉。

我是如此的孤陋寡闻，以为把绿茶叫作“蒙顶山云雾”只是一种诗意的赞美，在云雾缭绕雨线穿林打叶的茶园参观过才明白，所谓蒙顶山，就是终年迷蒙着云雾，是这里的小气候。茶树在这里吸收天地山川之精华，你把蒙顶山的茶叶和别的茶叶放在一起，看到的是大同小异的几片叶子，但是当你把它放进茶碗里冲泡，你就会看到，在茶叶释放它的香气之前，有一片云雾会升起在茶碗上方，需要你用手掌轻轻拂去，那些小叶片还原了它吸纳的自然灵气，让你相信了造化钟灵的神奇。我相信这神奇，就如同相信那些心有灵犀的美好情感。

我跟着大家默默无言地参观了“4·20”芦山强烈地震纪念馆，心里感受着一个国家行动的力量和真情，天灾自古难以避免，但人祸能够杜绝就是生民最大的福祉了。很多时候，我们搞不清天灾与人祸的分野，但这么大一个国家，应该有人能够搞清，也应该有人有这个职责搞清和避免。在纪念馆里，同行的作家王久辛先生低声对我说：“在这样灾难来临的时刻要组织自救，基层党支部的作用就体现出来了。”我不是党员，但我认可他的话，无论平时多么平凡，但每当大难来临之际，在人们失魂落魄惊慌无措的情况下，基层的党组织登高一呼往往会成为主心骨。革命战争年代在组织敢死队打碉堡的时候，喊的口号是“共产党员站出来”，和平建设环境下遇到灾难，他们也是责无旁贷的。或许是雅安的名字太雅致安然了，它接连遭受了“5·12”汶川大地震”和“4·20”芦山强烈地震”的浩劫，灾后恢复重建是一个省对口援建一个县，显然，这是标准的国家行动政府行为，这样的举措，也只有在现在的中国才能做到。

我参观了两个受灾后恢复重建的村镇，其实都没有恢复原来自然村落的形态，而是人为精心地设计布局过了，用时下流行的用词就是“打造”过了，不但各自具有鲜明的建筑定位和特点，同时也配套了村落的功用，对村民赖以生存的产业进行了捆绑设定。比如说青龙古镇，一水儿的黄色原木小楼，社区功能齐全，很能吸引那些想要体味原生态古镇生活的驴友和需要体验生活的艺术家，所以各家的小楼都具有旅社的功能，你尽可以在这里吃住，只要你有时间和自由，就可以掏钱在青龙古镇享受你的时间和自由。而由中国红十字会援建的同心博爱新村，则是现代建筑艺术和绿色园林艺术完美交融的典范，每家每户都是精致的别墅小院，有潺潺的溪水穿村绕户而过，一派小桥流水人家的世外桃源美景，可是别忘了那些树林，那些掩映着村落的树木可都是这里的特产大樱桃树，它们不但是生态，它们更是产业。在灾后恢复重建的村镇里游走，最深切的体会就是设计者的用心良苦。

在这世上，良苦用心是莫大的善意和深切的爱，什么事情都架不住用心二字，对事如此，对人亦如此；对他人如此，对自己也如此。然而，又是从什么时候起，我对曾经的钟爱之事都难得用心了呢？我在巴山夜雨的晚上，孑立窗前，凝望着窗外无休无止的雨线，久违地陷入了沉静的思索。不可否认，从身心上我都已经是一个中年人了，然而只有自己知道远远没有抵达预期的境界，这个年龄，有些事情不可以去做了，有些事情也不应该去做了，但本心往往枉顾理念，或者言行往往违背本心，所以每每在清晨睁眼之际陷入懊悔的痛苦之中。近一年来尤其如此，鲜有过后不追悔自惭的事情。此刻，困扰我的问题是，文学真的和政府工作矛盾吗？我们今天所谓的文学创作是否和古人的著书立说大相径庭了呢？

圣人有言：吾日三省吾身。自省当然是可贵的，然而一味地让心灵龟缩禁锢，恐怕也不是圣人之训的本意，古来文人多有道义与家国之担当，难道今天的文人就只有清静自守或者放浪形骸吗？毋庸讳言，无论从思想力还是内心的坚强上来说，今日的文人难以望古贤之项背，如范仲淹者，如苏东坡者，如王阳明者，首在立功，而后经贬谪流放而不弃不悔，而后有立言之大成，若没有前面的立功和人世的起伏，便没有后来的思想成果和杰作，于是有《岳阳楼记》，于是有《念奴娇·赤壁怀古》，于是有王阳明龙场悟道创立心学。那么，终极的意义还在于立言吗？不尽然，他们从没有放弃社会情怀，立功、立言、立德三者从未分立，所以有范仲淹疏通河道引太湖水入海、西北筑城收服羌人，所以有苏堤春晓，所以有阳明平定宁王之乱，此立功者也。所谓贤人者，并不仅仅局限于自己做个好人，而是他所到之地人们纷纷跟上他学好，能够设坛讲学，教化一方，这立德的社会功能、优良传统才是最为重要的人文精神和历史贡献，这正是儒家所独具的情怀。

在我国古代很长的社会阶段，儒家思想和政权关系密切，读书人多受儒家思想影响，“学而优则仕”成为古代知识分子的终极追求。关于“学而优则仕”，当代人多有误解，以为孔子说的就是字面的意思：读书就是为了做官。这是轻率而浅显的误解，或者说对孔子这句话只理解了一半，他的确说的是读书为了做官，但做官却不是终极目的，做官的目的是施善政，从而致力于国计民生，实现个人的人生价值与社会贡献的双赢。也就是说，孔子把做官当作实现他的政治理想的平台。那他的政治理想是什么呢？远景是实现大同社会，即财富极大丰富而全民共有；近景是进入小康社会，物阜民丰而财产私有。当代社会分工细致，知识结构也比古代复杂而多元，读书人不再只有仕途这一条路，知识分子可以选择从政当官，也可以选择成为专家、学者，甚至可以去经商办企业。不同的人生方向的选择和追求，都可以实现个人的人生价值并为社会做出贡献。应该避免片面地去理解从政和搞研究的分别，更不能简单化地把二者剥离开来，从政和搞研究不是矛盾对立的，而是相辅相成的。无论是国家的大政方针还是地方的发展思路，为政者对政策出台前的调查、思考和预判，以及落实过程中的准确把握，出现问题的补救和修正，都需要领导干部具备专业的知识储备和成熟的思想方法。然而，仅仅把成为学者型的领导干部作为目标是不够的，知识分子领导干部还应该具备正确的价值理念。孔子的追求是克己复礼，恢复周礼而进一步实现大同社会，这是指导了中国封建社会三千年的儒家思想。在孔子的为政思想里，有一些是当下的领导干部应该学习和汲取的，比如说，孔子认为为官者第一要有政治理想，这个政治理想不是个人的官位而是施行善政和建设理想社会模式，这是为官者的思想基础；同时他还提出为官者要以人民为本，要得到老百姓的信任，这个“民本思想”是核心的内容；然后他又提出了更高的要求，那就是为官者要有正确的价值理念。在汉源县形制完整的孔庙，我捐献了一百元文物修缮保护费，虔诚地拜了孔夫子。陪同我们的雅安文联李凤女士和汉源文联的朋友问我许了个什么愿，我说：“别无所求，只是表达深深的敬意。”

还有什么比完成内心的重建更令一个人感恩的呢，在这块被举中华之力恢复重建的雅安蜀地。

# 复兴之树

明朝初年的山西洪洞大槐树移民，作为旷日持久、范围广大的迁民垦荒国策，当然是信史，然而正是因为它是一项改变中华格局、影响到数百万人的国家行动，六百多年来，在直接移民分布的十八个省、六百多个县份，和再次移民到达的更广大的地区，有关移民的家族原籍、传奇遭遇、姓氏变化、异地融合等传说或者说野史轶事，就像生发、附着在信史骨架上的血肉，浑然一体、不可分割，成为这场中华历史上绝无仅有的大规模移民的生动记录和写照。这部背井离乡的血泪史，同时也是造福中华的垦荒史和意义深远的文化传播史，发展到今天，它可能涉及每一个中国人和海外华人，因此，对这次大移民的研究和书写，远远没有结论，可以说才刚刚开始。

## 不平等的民族政策导致的短命王朝

蒙元王朝统治中华后，施行了一套显然“不服水土”的民族政策，把全国分成四等人制：蒙古人为第一等，色目人为第二等，汉人为第三等，南人为第四等。从字面上看，汉族人是第三等人，实际上元朝定义的汉人指的是淮河以北原金朝境内的汉族和契丹、女真等民族以及云南、四川两省的人民，这些地区较早被蒙古统治者征服，并不是南宋的子民。而最末一等的南人，才是南宋治下的江浙、江西、湖广和河南省南部的以汉人为主的人民，他们最后被蒙古铁蹄征服并在元朝建立后遭受最残酷的压迫。所谓哪里有压迫哪里就有反抗，最终颠覆元朝政权的农民起义正是从江淮流域生发，并迅速向北推进。明太祖朱元璋加入的正是由郭子兴领导的红巾军，从 1351 年红巾军起义到 1368 年建立明朝，历时十七年的反抗与镇压的斗争，战场主要以河南、安徽等地的黄淮流域为中心。史实并不像金庸小说《倚天屠龙记》里描述的明教侠客那样的任侠浪漫，也不像评书《明英烈》里记述的那样都是些英雄人物的壮志豪情，战乱把中原大地变成了绞肉机，所谓战胜和战败的标准就是死伤人数的多寡，而双方死伤的其实都是老百姓中的青壮年。

政权不足百年的元朝被推翻后，因为兵燹、瘟疫、自然灾害的多重加害，中原大地“白骨露于野，千里无鸡鸣”，最为平坦宽广的几个省份土地荒芜，发展生产、增加人口，成为摆在新兴的大明王朝面前的最大难题，这就为一场全国范围内的移民垦荒运动埋下了伏笔。

## 国策发端于皇帝对故土的“小私心”

在中国历史上的封建帝王当中，明太祖朱元璋是享有明君的历史评价的，说他英明神武、雄才大略有神话溢美之嫌，但朱元璋的确是一个励精图治、革新开拓的领导者，能够从谏如流，而且制定国策能够从国计民生的角度出发，重农桑、兴礼乐，推行的具有历史意义的第一个重大举措就是移民屯田、恢复生产，从经济富庶、人口稠密的地区向田地荒芜、渺无人烟的中原省份大规模迁民。

皇帝也是人，难免有点私心。据说他先行先试的移民目的地就是他的家乡安徽凤阳。作为皇帝的故里，凤阳子弟几乎都跟着他在多年征战中捐躯了，新的王朝建立后凤阳基本上没有了青壮年，就剩了些老弱妇孺守着空空的庭院。为了回报乡梓、报答父老，皇帝下令把江南的富户大贾连人带钱都迁移到凤阳。让家乡父老直接受惠。但是故土难离啊，何况是鱼米江南，那些富户商家想尽办法往回逃，甚至不惜打扮成叫花子，一路走一路打着莲花落发泄他们对皇帝的不满："说凤阳，道凤阳，凤阳是个好地方。自从出了个朱皇帝，十年倒有九年荒。"传说和史实多少是有出入的，事实上朱元璋是一个非常喜欢听富强国家的可行性建议的皇帝，他听取了大臣关于从人多地狭的山西移民的谏疏，并且雷厉风行地作为首要改革发展大计来贯彻施行，目的地当然包括他的家乡凤阳，但移民大多不是富户，而是"无产者"，《明史·食货志》载："六年，徙山西真定民屯凤阳。"《明太祖实录》也有记录："九年十一月，迁山西及真定民无产者于凤阳屯田，遣赍冬衣给之。"

山西，自古有表里山河之称，被太行、吕梁两座大的山系环抱，因为道路崎岖、地形隐蔽，居然在十几年的战乱兵燹中得以偏安，民生安逸、经济富庶，尤其第一人口大县洪洞，更是人杰地灵、物阜民丰，自有一种堪与江南媲美的丰饶风貌。朝廷也是经过一番调查研究，这才决定以太原、平阳（今临汾）两府为主向中原大规模移民垦荒。

## 国家行动和政府行为被演绎成骗局

不难推断，移民垦荒作为一项国家行动和政府行为，在具体实施之前，必要的舆论宣传肯定是有的，不上升到一定的高度不足以做通人民的思想工作。而且对于刚刚改朝换代的老百姓来说，切身的优惠政策比空泛的舆论宣传来得更为实际。当初明政府开出的优惠条件是凡愿意外迁者，每户给十五亩农田，三亩菜地，一头耕牛，并且三年不征税。条件不可谓不优厚，问题是当时晋南百姓原本就安居乐业，况且山西人自古就习惯于看家守业，不是迫不得已，谁愿意抛家舍业跑到千里之外去白手起家？而国家的大政方针，原本就带有一定的强制性，这个时候动员失败，肯定是要出动国家暴力机器强制执行了。

在传说中，强制移民被演绎成了一场骗局。普遍认可的说法是，平阳府贴出告示说："凡不愿外迁者，须在三天之内赶到洪洞广济寺大槐树下登记。愿迁徙者在家等候消息。"于是晋南之民纷纷拖家带口赶往洪洞，三天之内大槐树下蚁聚了数十万人，此时一声炮响，官兵包围了百姓，凡在此之人尽数被外迁。还有一种说法是官府为抑制民怨，发布告说不愿意外迁的家户要在自家房顶上放一棵白菜，当然最后的结果是放白菜的反而被移民了。不管哪个故事，都把这场国家行动和政府行为传说成了一场骗局，这当然更有文学性，也迎合了人们怨怼的心理，但同时也抹煞和遮蔽了明王朝对复兴中华的贡献，以及山西人民为了国家繁荣筚路蓝缕、开疆拓土的历史功绩。事实上，作为一项强制性的国策，在贯穿从明洪武到永乐凡五十年的十八次大举移民当中，政府是有硬性规定和科学规划的，基本上遵循的是按照比例抽丁的政策，比如说"三丁抽二"、"五丁抽三"，就是说你家有兄弟三个，那么留一个在家赡养父母延续香火，其他两个分别迁移到河南或者山东去垦荒，家里有兄弟五个的，留两个走三个。那个年代没有计划生育的理念，人们对家道兴旺的理想就是开枝散叶、子孙繁多，这个时候要让一个家族分崩离析、背井离乡，那无异于晴天霹雳，有违伦常，于是上有政策下有对策，很多人家为了逃避移民，更改姓氏、隐瞒人口，于是就有了“一姓分四姓”、“某某两姓是一家”的改姓暗潮，催生丰富了中华姓氏文化的故事和分野，这是后话。

在移民之时，也有一套正规的办理程序，在何处设局登记，颁发川资凭照，都有规定的分布路线和目的地，其中洪洞城北汾河边广济寺外的大槐树下是一个最为集中的行政中心，大槐树荫蔽数亩，成为四方络绎而来的百姓视野中的标志物，人们在树下乘凉歇息，办理手续后一步三回头地离开故土，最后消失在眼界中的还是那棵老槐树，故土难离，当时汾水呜咽，大槐树上鹳鸟哀鸣，人们生离死别之际折槐为记，大槐树就成了故乡的象征，于是就有了那首传唱于五洲四海的歌谣：“问我故乡来何处，山西洪洞大槐树。祖先故居叫什么？大槐树下老鹳窝。”

## “兴，百姓苦；亡，百姓苦。”

元代张养浩曾在《潼关怀古》中慨叹：“兴，百姓苦；亡，百姓苦。”山西洪洞大槐树移民所以能凡十八次迁徙人口逾百万之众，造成如此世所罕见规模的一个主要原因就是战争造成的人口锐减，如果说推翻元朝残暴统治尚具有积极的历史意义的话，那么在明王朝建立后因为帝位之争而发动的“靖难之役”或者说“燕王扫北”，纯粹就是统治者在争权夺利的过程中给人民造成的深重苦难，也反映了封建统治者视百姓如草芥的历史局限性。朱元璋传位给长孙建文帝，原本大明获得了一个休养生息、连续发展的机会，但由于削藩引发的内部矛盾，燕王朱棣起兵“靖难”，使刚刚移民开荒安定不久的河北、山东再次经历了一场长达三四年之久的残酷大战。《南宫县志》载：“燕王愤甚，燕京以南，所过为墟，屠戮无遗。”为了躲避战祸，百姓纷纷外逃，中原大地再次变得“青磷白骨，怵惊心目”。

燕王获胜，改年号永乐，史称明成祖。有意思的是明成祖在历史上也是一位雄才大略的皇帝，跟他父亲朱元璋一样认为当务之急是给中原省份移民，发展生产、恢复经济，于是在永乐初年采纳了山西民申处山等人“请分丁于真定、南宫一带占籍为民”的上书，继续以山西洪洞为中心向中原、华东移民垦荒，在他老爸手里刚刚被迁移到某地的百姓，有些人刚扎下根来，又被迫二次迁移到更远的地方。

在历时半个世纪的百万大移民的万里征程当中，因为疾病、气候等原因造成的减员不可避免，许多人都想方设法地要逃脱回籍，为了防止逃民，官兵用一根根绳子把迁民分组绑成一串，为便于行走只绑着手，于是一路之上被绑在一根绳上的百姓互相关照，之间增进了友谊和交情，他们形象地把这种同生共死的兄弟交情称为“连手”。因为每次大小便时需要解开手上的绳子，要叫官兵给自己“解手”，年深日久，人们把大小便都用“解手”来代称。还因为双手被困住的时候放在背后不影响走路，移民们也保留了背着手走路的姿势和习惯。时至今日，凡把上厕所叫“解手”，下意识地背着手走路的人，基本可以认定就是当年移民的后裔了。

而河北、河南、山东、北京以及安徽滁州、和县等地方的人小脚趾的趾甲都是分成两瓣的复形，相传就是当年为了防止移民出逃，官兵用刀在每个人的小脚趾上砍一刀作为记号。这种说法虽然不科学，但也足够反映出当时采取的各种暴力强制手段，移民先祖所受的苦难可见一斑。

## 祭祖发轫于清末民初几位宦游的小官吏

选择在洪洞县城北贾村西面的广济寺前汉代大槐树下设局移民，

并不是因为这棵古槐"荫蔽数亩"树干要七八个人合围才能抱住，这棵树后来成为移民思乡的寄托和家乡的象征，但官方把移民集结处选择在这里，却是因为交通的便利：广济寺地处南北通衢要道，自唐宋起朝廷就在这里设置驿站派遣官员，接待官道上往来的公差，有现成的人员设备，是理想的去往四面八方的枢纽之地。这里不仅仅是官方的驿站，平民百姓去往太原也习惯于出县城后在此歇脚，在大槐树下吃一碗茶，观赏观赏广济寺宏大巍峨的殿宇，当此之时，汾河水拍岸，鹳鸟翔集，佛号经声，古意盎然。当年苏三解往太原，老解差洪洞人崇公道可怜她，在此为她歇脚卸枷，苏三叩头认老汉为干爹，如今这里还有"苏三卸枷处"的石碑。

而明确在此树立"古大槐树处"来让移民后裔祭祖怀乡，却是清末民初的事情了，是几位在移民省份宦游的洪洞籍小官吏顺应移民后裔的心愿筹建的。最早的发起者是一位典史，典史是比芝麻还小的官，在九品官阶之外，没有品级，但因为主管缉捕、牢狱之事，却是由朝廷直接选任，然后分派全国赴任。清光绪年间有一位在山东、河南等移民省份担任多年典史的洪洞人景大启，在多年宦游中，他深感移民后裔的思乡情切，"偶与士商过从，略展邦族，闻籍隶洪洞，辄殷殷致询曰：'吾祖国也。'言之亲切有味若斯"。恰好景大启就是大槐树所在的贾村人，从小听惯移民传说，于是宣统末年辞官回乡一心筹建大槐树移民遗址。他得到了两位同样在外做官的洪洞人的资助，一位是刘子林，在山东筹银三百两，一位是贺柏寿，在河南筹钱三百吊，至民国三年（1914 年），建成古大槐树处碑亭、茶室、石经幢、长廊、牌坊等主要建筑，如今依然保存完好。

而为广大移民后裔和游客熟悉称赞的"古大槐树处"石碑上这五个苍劲古朴的隶体书法，以及作为仪门的木牌坊上正反两面匾额上的书法"誉延嘉树"、"荫庇群生"，都是出自另一位致仕回乡的知县手笔，这位老先生姓贺名柏寿，字莘辅，洪洞县塾堡村人，光绪十一年（1885 年）中举人，朝考一等，被皇帝派往河南，历任登封、确山、息县、杞县等县知县。贺柏寿是晚清有名的书法家，回乡后参与修编县志，景大启等人筹建大槐树迁民遗址，请老先生书写了“古大槐树处”，并于碑的阴面撰写了六百多个字的《重修大槐树古迹碑记》。木牌坊上的“荫庇群生”四字指的是明末李自成之乱时，义军兵过洪洞，士卒纷纷到大槐树下朝拜先祖，非但没有劫掠洪洞，还不在洪洞征收军饷；后来民初袁世凯命三镇总兵卢永祥进攻山西革命军，到洪洞大槐树处，官兵纷纷下马膜拜，自称后裔子孙，非但不抢掠，还把财物堆到树下献祭，当时有一个团长，目睹此景写下一首诗:“南下雄师曾罗拜，北上壮士亦低头。碑亭矗立乡关认，经塔高悬过客游。”

牌坊另一面匾额“誉延嘉树”四个字，自然是歌颂大槐树移民先祖对复兴中华的功德了，但有趣的是贺柏寿老先生却在写这四个字时藏了“私心”：这四个字从右往左念是“誉延嘉树”，从左往右念是“树嘉延誉”，而当时他九岁的小儿子名字就叫“延誉”，字“树嘉”！

## 虽开枝散叶终究是中华一脉

明洪武初年至今，已有六百五十年，百余年之前民间流行的说法“五百年前是一家”，所指的正是清末上溯到明初的五百余年历史，说的就是移民后裔开枝散叶，但终究是中华一脉同根共祖。

所谓故土难离、骨肉难分，用“打断骨头连着筋”来形容移民先祖们的情状是最贴切的，前文说过，因为同姓不能移居一处的政策，移民们为了家人团聚、互相照应，纷纷更改姓氏，进一步丰富了中华姓氏文化，这里面分两种情况：一种是为了兄弟同居一处而改姓，另一种是被迫分离但互留物证维系亲情。前者传说较多的如“铜佛刘”，后者如影响力更大的“打锅牛”。

“铜佛刘”的故事载于山东曹县刘庄的《魏刘氏合谱》，说的是洪武二年（1369 年）刘氏兄弟自洪洞县迁居于此，不忍分离，哥哥遂改姓魏，家中有两尊铜佛，兄弟各拿一个为记。迄今，魏刘两姓仍以亲戚相称。相同情况的还有河南扶沟县的“呼、侯、孙三姓同宗”，亦有碑记；永城市古城村“崔、谢、张、陈四姓属一脉”，其族谱中有记：“一姓中分四姓，四姓乃属一脉。既开越制之嫌，更免生离之悲。”

“开越制之嫌，免生离之悲”，明证了移民先祖改姓开枝的原因。

“打锅牛”则有多种传说版本，因地域而不同，但所述故事脉络基本相同：牛氏祖先世居洪洞，膝下有子若干，当日在大槐树下被分迁各处，分别之时，牛老汉怕将来子孙相见不能相认，于是举起一口铁锅来摔成几瓣，叫儿子们各捡一块带走，以后相见以此为凭。从那个时候起，五六百年来，两个姓牛的见面，彼此会问一句：“打锅不打锅？”如果回答“打锅”，那就是同宗，“不打锅”则不是移民后裔了。

据各种正史、笔记、家谱、碑记统计，明朝洪洞大槐树移民姓氏已逾一千余个，分布于十八个省市六百余个县市区，六百五十年来移民后裔遍布全球，越来越多的海内外后裔到大槐树下寻根问祖，而其中台湾同胞中不乏当年随国民党军队去台人士的后代，两岸同根，中华一脉。

# 寻尧记

## 民无能名

过去，尧是一个人，一个有血肉有思想的人，他是华夏族部落联盟的首领，一个远古的帝王；后来，他被尊为始祖圣王，成了一个神，一个享受世代香火的神，在道教中，尧被封为天官，掌管人间福禄寿。然而帝尧被视为神，不是因作为神的灵验，而是因其作为帝王的功德。尧都平阳（今山西临汾）尧庙山门两侧的旁门楣额上，东刻“就日”，西镌“瞻云”，语出《史记·五帝本记》：“其仁如天，其知如神，就之如日，望之如云。”是说百姓仰望帝尧功德如葵花向阳、五谷盼雨一样。这样大的功德是无法形容的，简直广以配天，运以配地，因此尧庙的中心建筑就以广运为名，称广运殿。广运殿是主殿，殿上彩楼高悬“民无能名”四个大字，语出《论语·泰伯》：“大哉，尧之为君也……荡荡乎！民无能名焉……”

唐代张守节在《史记正义·谥法解》中说：“民无能名曰神。”人们无法表达对帝尧功德的敬仰与感恩，就把他看作神人，这是一种朴素的思想，它使帝尧的遗风和故事一起源远流长、泽被后世，成为君主的楷模，百姓的福荫。

## 翼善传圣

中国是诗歌的国度，中华民族有敬老尊贤的美德。诗歌的浪漫夸张与一个民族的感恩情结相结合，就产生了神化的效果，因此中国的古代史，尤其是上古史，实际上就是一个系列的神话故事。神话与史实除了精神指向一致外，其形式及内容都出入很大，然而两相比照，却更能探知中华文化的精神和精髓，尤其上古历史与传说故事。因此从神话与考古的比照角度，更容易寻找帝尧的踪迹，看清他的生平和功德。

中国的历史，从文明肇始，可上溯至三皇五帝时期。这一段历史，大都以传说为依据，从口口相传到可用文字记述的时代，传说混同了历史，神话与史实似乎成了一回事，真伪难以分辨。后代的典籍如《论语》、《史记》也重传说轻考证，是因为神化的传统和教化的需要。就传说与典籍而言，中国的文明史总以五千年为起源，然而从考古的角度判断，在地球最后一个冰河期的末期，中国河套地区发生第一次大洪水后，燧人氏从穴居野处、茹毛饮血的古羌戎人分离出来，向东迁移，开始火灶熟食结绳记事并发明历法时，约在公元前 8500 年至公元前 8200 年，此时生产方式已从渔猎游牧走向半农、半牧的前期时代的氏族。若以此为中华上古文明时代的起点，应当距今一万年左右。

以此为节点寻找帝尧的脚步与历史定位，时间和空间都会开阔许多。帝尧为三皇五帝中的五帝之一，三皇为燧人氏、伏羲氏、神农氏（炎帝）；五帝是黄帝、少昊、颛顼、帝喾、帝尧。尧为黄帝的五世孙。

帝尧一脉的谱系为：黄帝→玄嚣→娇极→帝喾→帝尧。三皇都是模糊地指代某一部落联盟的首领，所以用氏族来指称，而五帝从黄帝至帝尧都是有明确的人名，比如黄帝姓公孙名轩辕，帝尧姓伊祁名放勋，且有血脉相承的祖孙关系可考。

尧不是帝号，而是死后的谥号。帝尧姓伊祁名放勋，因先后封于陶（山东省荷泽市南陶丘）、唐（山西省翼城县），称帝后国号陶唐，称陶唐氏。因功德巍巍“放乎四海也”（孟子语），陶唐氏去世后，四方百姓悲痛不已，举丧三年，群臣议其一生的功德，赠以谥号曰“尧”，后人就以“尧”为美称来表达敬仰。

“尧”的含义,《史记·五帝本纪》（集解）中说：“翼善传圣曰尧。”是说作为帝王的陶唐氏功德极大，是道德智慧超凡的圣人、治国安邦卓著的仁君，“镇抚皇畿、翼亮帝室”。的确，帝尧时代天下太平，九夷归附，出现了“我黍与与、我稷翼翼”的物阜民丰、国强民殷的美好局面，后人常用“尧天”、“尧天舜日”来比喻理想中的太平盛世。孔子在《论语》中曰：“大哉！尧之为君也；巍巍乎！唯天为大，唯尧则之；荡荡乎！民无能名焉，巍巍乎其有成功也；焕乎！其有文章。”

## 威加九夷

我们知道了，尧不是人名，也不是帝号，而是华夏部落联盟首领陶唐氏伊祁放勋死后群臣追赠的谥号。在三皇五帝中，帝尧是唯一特指的帝王，其他燧人、伏羲、炎帝、黄帝、少昊、颛顼、帝喾都是泛指的一脉相袭的帝号，是所属氏族首领的统称，如纯血缘伏羲共三十三代，大伏羲共七十七代；第一代少昊金元氏是第六代伏羲；炎帝、黄帝、颛顼、帝喾都是其氏族首领的承袭称号，都经历了几“世”，好比古罗马皇帝都称凯撒，而英国国王称路易，只是用几世或十几来说明承袭关系，如凯撒二世、路易十四、路易十六。所不同的是，中国上古帝王这种“承袭”和“世”，不是父子相传的世袭关系，而是母系时代的代系关系，指的是一个氏族群体在联盟中作为领袖氏族的时代标志。

一句话，三皇五帝中，帝尧专指一位帝王，而其他的都是氏族的首领统称。

传说中尧是帝喾少子、帝挚的弟弟，这是抽象的说法。实际上帝喾、帝挚、帝尧并不存在确切的父子关系。传说中帝喾有四个妃子，一位是有邰氏姜嫄，一位是有娀氏简狄，一位是陈锋氏庆都，一位是邹屠氏常仪。帝尧属陈锋氏庆都所生，而帝挚为邹屠氏常仪之子，从常理上看应为同父异母兄弟，然而并不尽然，帝喾不是指一帝，而是本氏族数世首领的统称，那“四个妃子”也是指代四个氏族，因此史实是帝喾这一氏族在不同时代与上述四个氏族的联姻次序，并不说明同一个帝喾有四个妃子。一帝四妃的错觉是后人根据封建帝王的规制生发的想象，是口口相传的传播形式的演绎结果，是一种笼统而美好的想象，这就是神话艺术与信史的差别。

中国的正史同样脱离不了传说和神话的色彩，盖因为有文字记载的历史相对太短，黄帝轩辕氏用武力征服了各方国，代神农氏为帝后，任命沮涌、仓颉为左、右史，整理改进以前各方国的文字。文字的统一使各战败部落方国真正体会到了精神上被灭亡的悲哀，这就是仓颉造字“天雨粟、鬼夜哭”的传说由来。其时在公元前 4500 年左右，而从燧人氏发源，可追溯到公元前 28000 年前后，这期间二万三千余年的历史是没有留下任何记载的。虽然象形文字中确有大小篆表示的结绳文字，但所谓的结绳记事并无考古实证发现——就算有发现，那个绳子挽成的疙瘩记载的是什么事情呢——

一个谜团而已！

无怪乎修正史者要捕风捉影地把神话和信史模糊化，再加上儒家用神化统治者来教化民众的思想，就假戏真做了。修正史的人和民间讲故事者都愿意在塑造一个高大形象时把其对照方贬低，最终达到造神的效果。对帝尧的记载和描述也是这样，《史记·五帝本记》载："帝喾娶陈锋氏女，生放勋。娶娵訾氏女，生挚。帝喾崩，而挚代立。帝挚立，不善，而弟放勋立，是为帝尧。"帝挚如何不善呢？《帝王纪》说："挚在位九年，政微弱，而唐侯德盛，诸侯归之，挚服其义，乃率群臣造唐致禅。"《淮南子·本经训》说："万民皆尧，置尧为天子。"传说中这样解释这件事：帝喾死后，挚继任部落联盟首领，弟放勋辅政；帝挚荒淫无度、不理政务，被各部落首领废去，推选其弟放勋为联盟首领。正史和传说一唱一和，编织了一个完善的故事，让人信服。然而并不完全是这么回事，帝挚曾被视为帝俊在人间的化身，而帝俊是上古东方民族传说中的上帝，俊、挚都是以凤鸟为图腾的氏族，帝喾、帝挚时代是上古史上的黄金时代，是典型的龙山文化时代，就自然环境变化和社会环境安定两个方面来说，很少天灾人祸，相对于后来战乱频仍、洪水泛滥的尧舜时代，实在是一个美好的时代。

而且上古时代的禅让帝位并不是从尧舜开始，第一个禅让帝位的就是挚，正是他把部落联盟首领的位置让给了尧。

帝喾氏族与蚩尤的一脉邹屠氏联姻后，成为一个新的氏族，成为一个强大的联盟。之后又与防风氏联姻，平息干戈，和平相处，为仰韶文化、大灌村文化、大汶口文化、江淮文化的繁荣创造了条件，创造了史前的黄金时代。挚就是邹屠氏之妃所生，成年后，又入赘到少昊青阳氏族，继承了少昊挚的称号。帝喾东迁濮阳时，封挚于辛。

帝喾时代的最后一位喾去世后，氏族中的长老们推举邹屠氏之子挚继承了帝位。帝挚继位后，号高辛氏（帝喾曾被颛顼封于辛，称高辛氏，喾又封挚于辛，因此挚亦称高辛氏）。帝挚带领人民抗击水患，居聚地转移到山地，并且重新划分了氏族领地，促进了大汶口文化与良渚文化的进一步融合。作为帝王，挚还是有一定功德的，只是长于文治，而失于武功，后来陶唐氏尧联合掌管军队的有穷氏后羿征服了九夷各族，尧威望日隆，挚才禅位于尧。也就是说，君主的禅让不是始于尧，而始于挚。

挚禅位于尧后，尧仍封挚于辛，仍称高辛氏。

## 扫除六害

我用三节的篇幅对照了三皇五帝的传说与有考证的历史，为的是廓清上古时代的神话迷雾，把对帝尧的探究置于一个相对真实的历史背景之下，把尧从神还原为人，然后从人的角度表述他人格的伟大，从一个人类领袖的层面分析他达到的巍然功德。

司马迁以尧肇始的历史为信史，《史记》说：“学者多称五帝，尚矣。然《尚书》独载尧以来。”说的是“可信”的历史记载始于帝尧时代。然而并不尽然，仅帝王的出身一项，无论《尚书》、《史记》都轻考证而重神话，极尽渲染之能事。《尚书》、《史记》尚且如此，地方史志可想而知。《世本》中记载的尧母庆都就是一个神女，此女一生下来，就有黄色祥云罩顶，长大后到黄河一带游览，有条龙一直跟随守护她，并把一册天书神图交给她，于是“青龙感之，孕十四月而生尧”。按这种说法，帝尧的生父不是喾而是一条龙。翻阅《史记》，几乎所有帝王都不是人种而是龙种神授，不是青龙就是赤蛇，而且其母一怀孕必在十几个月以上，以示神异，不是一般人儿。

如今科学发达，稍有生理常识的人就知道这是瞎编的，而在漫长的蒙昧时期尤其封建时代，老百姓都信这是真事，才心甘情愿地受天子龙种的统治。

地方志多以《尚书》、《史记》为背景。《翼城县志》记："帝尧是帝喾之子，黄帝五世孙，相传尧母是陈锋氏，名庆都，有赤龙之祥，孕十四月，生尧于丹陵（翼城浮山交界处尧山）。育于母家伊之国（临汾市尧庙乡伊村），后徙祁（晋中祁县），以祁为姓，称伊祁氏。"这里不是青龙而是赤龙，总归尧是龙种。虽然修史者的用意可以商榷，却也表达了老百姓通过神话寄于一位有德帝王的美好心愿。

陈锋氏族与喾氏族渊源已久，早在颛顼称帝之前，喾氏就与陈锋氏联姻，后来代颛顼称帝的那一代喾，其母就是陈锋氏之女握褒。帝喾又娶陈锋氏女庆都为妃生帝尧。陈锋氏也作陈丰氏、陈逢氏、陈酆氏，是一个以蜜蜂为图腾的氏族。文为蜂头，逢就是飞翔的蜜蜂，"流黄蜂氏"为飞行中的黄蜜蜂。这一氏族先后活动于陈仓、陈留、宛丘，称陈锋、陈丰。喾母握褒为陈仓时期的陈锋氏之女，尧母庆都为陈留时代的陈锋氏之女。陈锋氏为炎帝神农氏之后，神农氏建国在伊，后又建国在耆，故姓伊耆或伊祁，尧从母姓，所以姓伊祁名放勋。炎帝神农氏祖传烧制陶器，尧便从小随母烧陶。喾封挚于辛，封尧于唐（河北唐县），所以尧又称陶唐氏。这与《翼城县志》记载的"尧天生聪颖，年十二即辅佐兄挚管理天下事，被封于陶。年十五改封唐"是有出入的。不同之处是尧是由父喾封于唐，而非兄挚所封。

所谓时势造英雄，尧取代挚为帝，是当时大势所趋。先是公元前2800年，海平面升高，海水倒灌造成黄河泛滥，黄河流域各民族为了生存而争夺高地，导致冲突加剧。除了人类之间的斗争，猛兽毒虫也与人类争夺生存空间。帝喾任命善射的羿氏为军队统帅，总领兵马帮助各属国与猛兽及异族做斗争。挚继位后，主要精力用于抗洪救灾，把居聚地向高地山岭转移，重新划分了氏族的领地。帝挚在安邦治国方面还是很有建树的，不料，公元前 2400 年又逢大旱，河川干涸、草木枯焦，那些移住到山地丘陵的氏族再次向靠近江河湖泊的低地迁移，以致打破了原先划分的领地，天下再起纷争，使帝挚的统治地位受到冲击动摇。在这样民不聊生、人心汹汹的形势下，陈逢氏姜炎族的女巫师丑登海岛作法，为民求雨，引发了与扶桑日君羲和的后裔十日族之间的战争。帝挚对十日族的攻击无力调解制止，于是唐侯尧联合东夷民族有穹氏后羿，打败了十日氏族，这就是后羿射十日的传说的由来。大概，这是华夏民族最早的一次对日本作战了吧。

十日出，一日真，九日假，是大旱之意。《淮南子·本经训》载："尧之时，十日并出，焦禾稼、杀草木，而民无所食。猰貐、凿齿、九婴、大风、封豨、修蛇皆为民害。尧乃使羿诛凿齿于畴华之野，杀九婴于凶水之上，缴大风于青丘之泽，上射十日而下杀猰貐。断修蛇于洞庭，禽封豨于桑林。万民皆喜，置尧以为天子。""猰貐"、"凿齿"、"九婴"、"大风"、"封豨"、"修蛇"，为传说中为害人类的六种怪兽毒虫，尧命后羿一一除去，民心大快。这"六害"实际上不是什么怪兽妖魔，跟十日氏族一样，是被尧和后羿征服的九夷各族。例如封豨，封的意思是大，豨就是南楚所谓的猪，养猪为业并以大猪为图腾的氏族就叫封豨氏。而"凿齿"是防风氏族俗称，因其民有凿齿的风俗而得名。这些民族与黄帝一脉多有冲突，高辛氏族时更是问鼎中原、数侵边境，高辛氏被迫数次迁都。所以人民视这些民族为妖魔鬼怪。而尧与后羿将他们一一征服，民间传说演绎为后羿于山中水上诛杀了六种怪兽。征服各族后，尧班师回到了唐县，"唐侯德盛，诸侯归之，挚服其义，乃率群臣造唐致禅"。公元前 2357 年，尧称天子，即帝位，国号陶唐，建都平阳。

## 光被四表

尧联合后羿，以武力征服各族，威震四方，民心所向，帝挚禅位于尧。尧称帝，国号陶唐，定都平阳，封禅泰山，分天下为九州：冀、兖、青、徐、扬、荆、豫、梁、雍。各置州牧，管理辖域内各氏族。尧任用了许多贤德之士来帮他治理国家，访得舜授以司徒之职，掌管教育；封羲和氏伯叔六人为四岳；封契为司马掌管军队；后稷（弃）为农正管理农事；夔为乐正；皋陶为大理（法官）；垂为工师；鲧为水正；伯夷为秩序；伯益掌鸥禽。并制定历法，以时为序，教授人民春耕秋收，又派专人治理水患。于平阳帝都庙灵台四门楼见四岳、九州诸侯群贤，征询意见，改进工作，一时四方安定，风调雨顺，形成尧天舜日的太平景象。

如上文所述，帝尧时代，虽然太平，没有大的氏族战争冲突，然而水旱交患，百姓生活艰难。帝尧心忧天下，与百姓同甘共苦，住的是跟百姓一样的土屋子，屋顶上生了高高的茅草也不修剪，椽子都发霉长了木耳；吃的是粗茶淡饭，喝的是野菜汤；穿的是破旧的布衣，冬天裹着鹿皮御寒；坐着简陋的车子，由一匹瘦马拉着巡行天下治民疾苦。在今天临汾城南“帝尧故里”伊村，明朝万历年间临汾县令所立“帝尧茅茨土阶”石碑，依然伫立于土台之上。帝尧常对百官说：“有一民饥如我饥。”正是这样爱民如子、与民同甘共苦的情怀，使国家在自然环境极端恶劣的条件下，百姓安居乐业，天下平安大治。《述异卷》载：“尧为仁君，一日十瑞。”《史记·五帝本经》赞尧：“其仁如天，其知如神，就之如日，望之如云，富而不骄，贵而不舒。”当时，南到交趾，北到幽都，东自日出之所，西到日落之处，无不宾服帝尧的品德。

《尚书》载:“放勋钦明文,思安危,允恭克让,光被四表,格于上下。克明俊德,以亲族,九族既睦,平章百姓,百始昭明,协和万邦,黎民于变时雍。”

传说帝尧因操劳过度积劳成疾,一位采药老者听说后,把自己采的人参、灵芝送给帝尧补身体。帝尧怕老人难过,暂且收下了。随后又派人送还,解释道:“好意心领了,只是多年来粗粮淡饭吃惯了,吃了这些山珍,恐怕以后就不能吃苦了。”这是临汾民间流传的帝尧传说之一,这些传说像一颗颗星星,缀满了夜空,让我们在神秘中窥见帝尧像天空一样深邃博大的胸怀。帝尧的美德流传至今,三晋大地的民风民俗,大多来自于唐尧遗风。

郑樵《通志》曰:“伏羲但称氏,神农始称帝,尧舜始称国。”帝尧作为一代圣王仁君,一直是历代帝王的典范及人们心目中的圣人,他的功绩除治水、选贤之外,主要在治理国家、和睦民族,尧天舜日成为理想中的太平盛世的标志,成为一种共识的观念。历代典籍中多有引述,《封神演义》第六回中,大夫梅伯劝谏纣王:“臣闻尧王治天下,应天而顺人,言听于文官,计从于武将,一日一朝,共谈安民治国之道,去谗远色,共乐太平……”可知每日早朝议事是始于尧王。后来的王朝更替,无论谁坐在那把龙椅上,帝尧创立的治国体制,都是他们遵循并追慕的典范。

## 尧天舜日

相传尧是一个长寿的人,享年一百八十岁,在位九十年。尧的长寿,使他的治国之道贯穿了整个尧、舜、禹帝位禅让、大公天下的时代。舜禅位于禹,禹治水成功,帝尧都有直接的影响力,并且亲自为舜和禹成为合格的继任者铺平道路。作为国祖,他严格考验继任者，甚至在把执政权力交出去后，还不顾年迈、远涉蛮荒为他们的事业披荆斩棘。尧、舜、禹的公天下盛世被称为“尧天舜日”，尧是这个时代的开创者，更是起决定作用者。

自一万年前中国河套地区发生第一次大洪水始，燧人氏的传人们与严酷的自然环境斗争了五千年，穿越了帝喾、帝挚相对平安时期，至帝尧之时，海水再次倒灌，迫使尧从古河北灵山之西、阜平之东、平水之北的平阳，迁都至山西临汾西之平阳。尧没有像他的祖先们一样带领各氏族迁向高地躲避水患，他主动向大自然发起挑战，要改进人类生存的环境。尧专门任命了治理水患的官员，先是任命共工氏族治水，共工氏治水不利，帝尧罢了他的官，任命鲧为新的治水官。鲧氏采用筑堤堵水的策略，东筑西毁，历时九年而不见成效，甚至把帝尧祖上颛顼氏的坟丘之土也用来筑了堤坝。帝尧认为鲧无能，要罢免他，与众大臣朝议此事，苦于再无合适人选只得继续让鲧族治水。

这时帝尧年事已高，他从国家长治久安的角度考虑，决定选用一位贤人来将帝位禅让于他。民间流传许多尧王访贤的故事，流传较广的一则是帝尧在蒲州历山路遇驾牛耕田的舜（舜也是谥号，帝舜姓姚，名重华，有虞氏，史称虞舜），舜在犁铧上绑着一只簸箕，不断用树枝敲打，尧问其故，舜回答：“牛儿耕地辛苦，走得慢了，我就用棒打簸箕发出响声，黄牛以为打黑牛，黑牛以为打黄牛，两头牛同时奋发，既免了皮肉之苦，又加快了犁地速度。”尧听了大加赞赏，认为舜是个治理国家的栋梁，就有心禅位于他。实际上，舜是以孝闻名的，他的父亲瞽叟是个无赖，继母很凶悍，弟弟象蛮横恶毒，舜常受他们的陷害，他们合伙把舜赶出了家门。而舜并不怀恨在心，为逃避加害，他到历山开荒耕田为生，以德报怨，依然很孝敬父母。孝顺的典故就来源于“效舜”，人子仿效舜敬爱赡养父母之意。帝尧听说了舜的故事，被他的孝心感动，招赘舜为女婿，把二女娥皇、女英都嫁给他，以观其内。今山西洪洞县甘亭镇羊獬村仍有娥皇、女英庙，俗称姑姑庙，该村与舜故里神立村历山结了四千余年的神亲，每年农历三月三日都要举行庙会，以及隆重的接送姑姑的仪式，从羊獬到历山，沿途老百姓焚香设酒，招待送亲的乡亲，数千年如一日。民间结婚时的迎亲、送亲的风俗即起源于此。

族内各长老都向帝尧举荐舜为帝位继任者，帝尧为考验锻炼他，让自己的九个儿子跟随在舜左右，观察他的胆识和策略。帝尧派舜及九个儿子深入高山密林，去湖泽中游历。山中气候多变，顷刻间暴雨如注，狂风大作，帝尧的九个儿子仓皇奔逃，找寻遮风避雨的地方。舜处乱不惊，若无其事地只管赶路，安然回到国都平阳。尧的九个儿子回来后把事情如实禀报，尧据此认为舜确实有过人之才，王者之风，于是把舜召入了平阳，授以司徒之职，总管百官。舜向尧举荐了稷、契、重、益、皋陶等贤人作为良辅，行五典（父义、母慈、兄友、弟恭、子孝），遍授四方诸侯国，又按九州时序不同教人民春播秋收，于是四海升平，天下归心，出现尧天舜日的太平盛世。

**击壤歌**

日出而作，
日入而息，
凿井而饮，
耕田而食，
帝力于我何有哉！

**康衢谣**

立我丞民，莫匪尔极。

不识不知，顺帝之则。

这两首帝尧之时的歌谣，展示了上古人们乐享盛世的太平景象。西晋皇甫谧《高士传》载：“帝尧之世，天下大治，百姓无事，壤父八十余而击壤于道中。”击壤是一种游戏，《山西省通志·风土记》载：“壤以木为之，前广后锐，长尺三寸，其形如履。”《三方图会》中说：“先置一壤于地，遥于三四十步外，以手中壤掷之，中者为胜，谓之击壤。”这种游戏或者说运动，大致类似现在的打保龄球吧。话说帝尧出了都城平阳来到东北五里外的康庄，看到一位八十多岁须发皆白的老汉正在大路中间快活地玩击壤，旁若无人，陶然忘我。随从称颂帝尧：“年近九十岁的老人能够这样无忧无虑地玩要，真是你治理天下的无量功德啊。”老汉听了并不买账，停下手里的游戏说：“我太阳出来就下地干活，太阳落山回来睡觉，自己打井饮水，种地吃饭，跟帝王的恩德有什么关系？”帝尧听了并没有生气，更没有加罪老者，而是拜这位姓席的老者为师，感谢他这一番话。“康庄大道”的说法即由此而来。

## 禅位之争

帝尧先加舜为三公，总管百官，不久又命其摄政，准备禅位给舜。后稷、契、皋陶、伯夷等大臣都没有异议，只有放齐建议应该由帝尧的儿子丹朱子承父位。尧从国家和人民的利益考虑，认为太子丹朱远远不如舜贤德和有威望，就没有采纳放齐的意见。诏命下到各方国，负责治水的鲧不服，不接受帝尧的旨意，帝尧大怒，举兵弹压鲧氏族。共工听说后也表示反对，帝尧又兴兵讨伐共工氏。

帝尧以天下计，没有任人唯亲，不惜刀兵相见，用武力统一国内意见，可见其禅位于舜的心态之坚。帝尧的伟大正在于其公天下、任人唯贤的思想，这样的胸怀是超凡脱俗的，他包容山川万物、海纳百川，成为帝王的楷模。同时这又是当时自然环境和物质条件的选择，在水旱交患、生产工具落后、生产资料匮乏的原始社会末期，人类顺应自然、开创生存条件的能力有限，生产力极端落后，能否选择一位善于治理国家、带领百姓战胜自然灾害的贤人做帝王至关重要。帝尧知天文晓地理，为民生计，才不惜兵戎相见也要禅位于舜。尧选择舜继位，并非偏爱。帝尧老年时四处访贤，曾拜访过当时的道德之士善卷、披衣、啮缺、王倪和许由，但他们无心治理天下、管理百姓。《庄子·让王》记载：帝尧欲禅让天下于善卷，善卷对曰："余立于宇宙之中，冬日衣皮毛，夏日衣葛絺；春耕种，形足以劳动，秋收敛，身足以休食。日出而作，日入而息，逍遥于天地之间，而心意自得，吾何以天下为哉？悲夫，子之不知余也！"可见善卷虽有道德，无心天下，自甘遁入山林。而舜不但孝敬父母，以德报怨，且有治天下之能，是最合适的人选，帝尧怎能因为一己之私立丹朱而弃舜？不因私废公，是帝尧为后代帝王树立的不可企及的伟大丰碑。

在帝尧的决心之下，舜顺利摄政了。舜摄政后，命大理皋陶行赏罚，皋陶制定了刑法。依据刑律，舜将曾反对他继位的鲧逮捕，以治水无功为由，把鲧处决于单渊。舜杀死鲧后，恐其部落发生叛乱，把鲧氏族从嵩山流放到东海羽山，永远不准返回中原。接着舜又把另一个反对过他继帝位的共工氏流放到密云湖以北的燕山北地，同样不准再进中原。从此后，天下的诸氏族部落，再没有人敢说反对帝尧禅位于舜的话。

舜摄政二十五年，天命之年，帝尧将帝位禅让于舜。舜称帝后，一度平息的叛乱又起，鹳兜、三苗、夸父、邹屠、毕方、共工、放齐诸部落拥戴帝尧长子丹朱在丹江丹朱城称帝。帝舜大怒，派大军征讨丹朱，杀死鹳兜氏首领，将叛军各个击破，将他们驱逐出中原之地。依照五刑之法，把鹳兜氏族流放到嵩山；将三苗分成两支，一支流放到北方的幽州，另一支随鹳兜氏流放到南方的偏远之地。从此天下都归顺了帝舜，而帝尧时期开创的夷夏联盟的大好局面也土崩瓦解。帝舜与三苗的战争至死方休，战败的丹朱与鹳兜氏族及三苗在湖广之地建立了新的国家。帝舜晚年亲征三苗，崩于苍梧之野。

丹朱死后，葬于长沙零陵苍梧山北麓。一说丹朱葬于平阳，今临汾市尧都区王曲村有座形如馒头的墓冢，人称太子坟。

禹为父鲧守孝三年，子承父业，继续治水。禹用开凿渠道、导流入海的方法，经过十三年的努力，三过家门而不入，平息了中原水患，后来又到南方治水。此时已经禅位于舜的尧对舜的执政和禹的治水仍然全力地发挥着自己的作用，当禹在桐柏山遭到夸父族的阻挠时，尧亲自率军南征，把夸父族赶到了淮、扬之地，使禹能够成治水大功。而帝尧也在这次战争中去世。

帝舜依照帝尧的模式，先让禹摄政，又禅位于禹，在尧、舜、禹禅让的千古美谈中，帝尧是开创者，也是贯穿始终者。后禹让伯益摄政，同时让伯益教授其子启如何治理天下，有心让启继承帝位。禹死后，启打败了伯益称帝，从此公天下终家天下始。尧天舜日已成为美好的传说。

## 民主路标

帝尧之时，国家初具规模，官吏机构简单，为了倾听民众疾苦，不使民力虚耗，不使民怨累积，帝尧于宫门设制了敢谏鼓，广开言路，谁对朝政有什么意见，对国家有什么建议，对官吏、诸侯的管理有什么臧否，敲响这面鼓，便可以面陈帝尧。包括对君主有什么不满意的地方，帝尧也闻过则改。最初，帝尧与众大臣四处周游，了解社情民意，向人们征求对朝政的意见和建议。后来发现这样做涉及的范围和人数太少，不如让天下有话要说的人都来朝中进言。于是诏告天下，言者无罪，欢迎大家都来敲这面敢谏鼓。

为了使老百姓能够找到进言的路，帝尧命人在“大路交衢”处，也就是十字路口，都立起一根木柱，顶上绑一根横木来指示宫门方向。这就是诽谤木，华表的原型。华表，也称恒表，是历代帝王仿效帝尧纳谏时指路的木柱。《古今注·问答释义》中记载：“程雅问曰：‘尧设诽谤木柱何也？’答曰：‘今之华表木也。’以横木交柱头，状若花也，形似桔槔，大路交衢悉施焉……亦以表识衢路也。”

帝尧树诽谤木，一者为谏者指路，二者表示言者无罪。正是这种原初的民主政治，使帝尧时政治清明、社会安定，诸侯都不敢欺压百姓，全天下议论国事，集思广益，形成了开明宽松的民主氛围。帝尧的诽谤木，是华夏民主政治第一面旗帜，是民主进程的第一块路标。

然而，华表演变到后世，成为帝王威仪的象征，成为宫殿和陵墓前的装饰品，简陋的木柱演义变为雕龙刻凤的石柱。且看木柱易倒，而帝尧的民主创举永存；玉石不腐，多少帝王化为粪土！

帝尧去世后，百姓敲响这面敢谏鼓，以祭祀他的圣明功德。后来的威风锣鼓，便起源于祭祀活动，震天动地的威风锣鼓，是华夏龙脉的跳动，也是上古民主之声的回响。

# 北方有仙山

## 一

北方的山，多雄峻，如万马奔腾之势，有一种叫人叹服和畏惧的气魄，你仰望它，它高耸入云沉默巍然，天意从来高难问，让人有凛然之感；你欲攀登它，它便睥睨你，如一尊老虎般蹲着，使你战战兢兢，几欲匍匐，从它的深谷沟壑间寻路，每每抬头，望见的不是一线可怜的青天，就是它铁一般高不可攀的脊梁。这样的山，本身过于威武，不要说人，就是神仙也难以镇伏，虽然四季景致也堪称美不胜收，但是驻足山巅，除了一点虚假的胜利者的豪情之外，你感到更多的是无与伦比的渺小，那种渺小，仿佛一粒微尘置于巨鲸之背，仿佛草芥黏于神龙之脊，使你恨不能脚下生出指爪，以牢牢地抓住它，生怕触怒了它，被雄劲的山风吹走。

北方的山，威风八面，睥睨苍生，剥夺你的自大与狂傲，使你不敢轻慢，不敢忘乎所以，甚至，使你甘愿谨慎地做一个微末的人。

而云丘山不同，云丘山是北方诸山中的仙品，它专意引导你的灵性，让你超凡脱俗，让你平步青云。登北方诸山，实在无所谓一个“登”字，用“爬山”更能形容你的行状和辛苦，而登云丘山，才能体味到什么是登，才能领略到登山的妙处。若把云丘比苍龙，第一步你的脚便踏上了龙尾，然后每一步都在蜿蜒起伏的龙脊最高处，顾盼之间，总在山势之巅，时时有登临之感。古村落，玉莲洞，一天门，蓬莱境，二天门，众妙之门，三天门，祖师顶，玉皇顶，诸天门胜境都在山脊之上，一路走高，头上有青天，足下踩天阶，左有灵蛇隐现，右有神龟潜修，清风徐徐，飘飘然有神仙之姿也。

登云丘山，须有仙缘，或有引渡之人。中秋前夕，心血来潮，致电天山哥，欲往乡宁山村看望他的耄耋老母。实在是当代人胡乱用词，把个“心血来潮”用成兴之所至、突发奇想的意思，真正遮蔽了这个词义里的道家心得，忽略了一个缘字。当年太乙真人在洪洞县乾元山金光洞修炼，忽感心血来潮，掐指一算，原来该是哪吒莲花托生了。这是天数，也是人道，更是缘分。我的心血来潮当然也事出有因——春天里天山哥寄来篇散文《我的大学我的妈》，读来令人心中暖流涌动，后来发表在《山西文学》，并且配发了他老母亲的近照，老人家白发胜雪脸膛紫红，神态宁静而庄严，眼神浑浊而悠远，令人起敬。我曾与天山哥同事而师兄弟，师兄弟而知己，却未曾去拜望过他的老母，只缘老人家执意不下山，守定青山，不愿到红尘当中去受罪。如今得睹慈颜，我便把这件事挂在了心上。

八月初，与天山哥约好，他摒弃了烦冗的公务，专门抽出两天时间来和我一同回乡宁山中看望老母。车过云丘山，天山哥已经难以抑制心头热爱家乡之炽情，要走几步路带我赏景，见我有些心不在焉，问我心头是否有事，我说觉得有些心志难酬。他便建议我去后山的三祖庙走走。循路而上，隐约可见一座山门的座基，虽然石门已然只余基石，守护的石狮还在风尘中挺立，那被剥蚀到模糊的轮廓，无语地昭示着天地的久远。庙不大，有古意，格局却清新，供奉着儒释道三家鼻祖：孔子、释迦牟尼、老子。老子鸡皮鹤发端坐大殿中间，可知他是主人，天山哥又介绍前山的庙宇坐镇的是神武大帝，我便知道这必是一座道教的山头了。儒释道三家鼻祖，都是哲学创始人，千秋万代受人敬仰，我有缘到此，当然焚香三炷，欣然下拜。起身仰望之时，灵犀中已经有微风在拂动。

拜过天山哥的慈母，用过钵大的馒头和山中小菜，他引我登上屋后所依的山头，举手指着莽莽苍苍的远山说，那里便是适才你拜过三祖庙的云丘山，这个时节还是满山苍翠，等到九九重阳之时，满山红遍，层林尽染，美不胜收，那时，哥再陪你登顶览胜。我才想起那会儿在三祖殿前，仰望云丘山，只见笔立的峭峰之上，有一座玲珑的庙宇，灰顶白墙，有飞腾之势，仿佛神仙府邸，那便是祖师顶了。而祖师顶并非最高处，也不是最后的胜境，顺山势起伏再往深处走，更有高山在后头，海拔一千五百八十七米的绝顶，就是玉皇顶了，庙高八米，极顶正好一千五百九十五米，是为九五至尊四极八荒的主宰。我已经在向往着重阳节的登天之行了。

## 二

九月初八，心乱如麻。渴望着到山水之间去放松身心，遂依前约，招呼三五文友，大运高速一路高谈阔论，驱车飞赴临汾，当晚与天山哥会合，次日一早奔乡宁关王庙乡云丘山下。

山有口，亦有门户，来到云丘山下，却不见了山势，一道溪流潺潺而出，溪边杂树生果，黄叶红实，缘溪而上，转过山口，竟然是几户古村落，一片偌大的磨盘半埋在土里，有金色菊花从磨盘眼中簇簇生出，养眼养心。坐在磨盘上，背后古村幽幽，脚下溪水潺溪，一时乐而忘忧，寄情山水之间也。

拾级而上，迎面壁立的峭崖上是秦王庙的遗迹，而左右顾盼间，已经可以把山势一目了然了，尚未登山，山已在眼底，虽未修道，道已在心中，云丘山的妙处，就在让凡夫俗子也能领略胸有丘壑的大气，体会得道成仙的飘然。未曾经过玉莲洞，不能登天门，那么，就在玉莲洞之前，昭示给你凡间的生息与快乐，对面山峰之侧，一道阳具昂然挺立，风吹雾散，环绕着它，遥遥相对的三座山峰上，是天地造化、鬼斧神工的女性三个生命阶段的生殖图腾，惟妙惟肖，非人力而能为。你只有瞠目结舌，断然生不出丝毫邪念，天地玄黄，精妙无极。伏羲女娲的遗迹，带来太古的神秘与昭示。

玉莲洞，绝类恒山悬空寺，在一面千韧吊崖凹进去的地方，凿石穿木，建造庙宇回廊，传为吕祖修行所在，因洞中悬挂巨大的荷叶状钟乳化石而得名，但据我看，那块化石活脱脱一片仙草灵芝。多有传说吃了灵芝草便能超凡成仙，八仙正是由凡人而修炼得道，这里作为登天门的中转站，下有人间乐园，上有天上奇景，真的是最合适不过了。玉莲洞其实不是一个封闭的洞，修在悬崖的凹处而已，还是一座露天的庙宇，庙前绝壁上的石龛里，横斜出一棵桑榆同株之树，天旱少雨的年份叶片又圆又小，是一棵榆树；雨量丰沛的年头叶片宽大舒展，俨然是一株桑树，引起不同年头来瞻拜过的香客的无休争论。散文家乔忠延是云丘山旅游开发项目的文化顾问，熟稔此处风物，能够解释所有名山绝壁上生长树木的奥秘，原来植物的种子和人的种子一般无二，都有与生俱来的神秘酸性，一颗种子乘风飘来，偶然黏在石头崖壁上，雾霭天露的一点湿润，足以让它的酸性释放，渐渐把石头腐蚀出一小片凹槽来，石头的粉末浅浅地供它藏身，如果再有一滴雨水滴在它开发出的这个小小的坑里，那么生命的顽强就会创造奇迹，黄山松是这样诞生的，云丘山的桑榆同株也是这样诞生的，而桑榆同株更加昭示了生命适应自然法则的悟性。

一天门，有金刚把守，令人生畏。台阶漫长陡峭，果然天路难登，石阶整齐稳固，坡度却极大，使你不得不匍匐，时时有手脚并用五体投地的冲动，顿生敬畏天地之感。《淮南子》说：“建木在都广，众帝所自上下。”你笃信眼前就是天梯，古往今来的神仙帝子都从此门中往返。入得天门，眼前道路平坦，正好闲庭信步，两侧树木掩映，五色斑驳，树影宜人，果然仙界非同一般，路旁遗一太古巨石，高若屋宇，不知何处仙人勒字石上，曰“蓬莱境”，笔法古朴雍容，已被时光洗却得只留些许浅痕。我肉眼凡胎，心事重重，脚步沉重，落在后面，好容易挨到二天门下，仰首望见一道更加漫长陡峭的天梯，立刻产生了畏难情绪，天山哥体胖，拄根树枝当拐杖，在石阶下等我。我们并肩背靠石梯坐下小憩，饱览眼底风光，这里还不能得云丘山的全部妙处，但是右手蜿蜒的蛇山和左手盘踞的龟山已然在秋光红叶里显出玄武幻象。清风徐来，似有仙乐飘飘，因此稍减疲乏倍添精神，我与天山哥携手奋登天梯。气喘吁吁上得二天门，天门上一副对联，蓝底白字映入眼帘，这里只录下联：“意志坚强克难必成功。”虽然浅白，却仿佛一道谶语击中我的心事，倍感振奋，招呼同行的摄影家任斌赶紧给我在此联下留影，以志此时，求证将来。

天梯难攀，天门内却又是一条坦途，再往前行，渐有所悟，觉得这一路眼前有景而心中渺茫，枉负了这大好秋光，脚下的路很平坦，渐忘路之远近，蓦然抬头，两道巨岩横亘眼前，有曲折石阶掩映其间，仿佛岩上有字，手抚崖壁仰首细察，四个大字直贯灵犀：“众妙之门！”不禁失神，沉思良久，然后释然，我生何以不得人生之妙处？患得患失也！参破之，方能得其门而入。我这一路心不在焉，实在是因为面临人生大的关键，怕不能成功，不知以后人生之路该如何设计，所以心头如压巨石。此时却被点醒，仿佛醍醐灌顶，自已想开了：人生本无所谓得失，得妙处者，失也是得；不得妙处者，得也是失。迂回登上众妙之门，竟然有一个平台，大家都在那里小憩。朝山下眺望，竟然村镇公路就在眼前，人间烟火清晰可见，不过一千米的直线距离吧，原来人间仰望天上渺渺茫茫，天上俯察人间一目了然。唉，人的境界高低，竟有天地之别，那些太古远古的哲人喜欢选择这样的高处冥想，果然很有道理。

过三天门，登祖师顶，一时荡胸生层云，周围山势一览无余，有白云朵朵从道观升起。云丘山与北方诸山的不同明白可见，它有着雄峻的基础，但绝不鲁莽到顶，却像一道龙脊一样高耸起伏，一线天路总在最高处，每到天门，突兀高耸，天门内却都是坦荡如砥，而祖师顶与更高处的玉皇顶更是拔峭而起，坐落于挺拔飘逸的秀峰之上，白云缭绕，松声鹤鸣，一派化外洞天福地。北方的山，多没有云丘山的灵气，不似云丘山这般的飘逸和脱俗。我去过湖北的张家界，那里奇峰兀立，奇绝胜过云丘山，但没有仙气和仙品，多处只能观赏，无法亲近，显得清冷，不过奇石怪树而已，而云丘山有人间所向往的一切美好，不但可以攀登，而且总让你在最高处走，让你有脱俗之感、登天之乐。所谓“形而上”者，莫过如此吧。并且登上天来，也绝不孤寂，此刻我们瞻拜完披头祖师，高处是玉皇顶，云层下是烟火人间，心中充满着大快乐。

登玉皇顶，景致又有不同，石级曲折，更加陡峭，两旁奇花异树应接不暇，一般人从祖师顶下来，感觉疲乏，就会循后山乘车下去了，那他就错过了天上胜境，那些夹道的珍稀草木，你在人间别说见过，恐怕连名字都很少能听到，奇花异果，香气更异，飞禽走兽，声闻于天，光是这般瑶池风光，不领略一番也算你是无缘之人。

玉皇顶，一千五百九十五米，乃是晋西南最高的山峰，可观天察地，尧帝时，羲和氏在这里观察日月星辰的运行规律，制定历法。庄子《逍遥游》有记：“藐姑射之山，有神人居焉，肌肤若冰雪，淖约若处子，不食五谷，吸风饮露，乘云气，御飞龙，而游乎四海之外；其神凝，使物不疵疠而年谷熟。”描写的就是制定历法节气使物阜民丰的女神羲和。而吕梁山又古称昆仑山，《山海经》说：“昆仑者，高山皆得名之。”《河图括地象》记载：“地中央曰昆仑。”在上古尧天舜地之时，晋南乃国中之国，云丘山仿佛中天一柱，与仙界通，“众帝所自上下”。所以帝尧多有神仙朋友来往，给泯灭了神性的后世子孙留下许多传说佳话。

此刻，驻足玉皇顶，极目四望，群山苍茫朝拜，有如巨龙盘旋，有如卧虎酣眠，端的“会当凌绝顶，一览众山小”，苍山密林之外，有祥云吉光万道而起，果然无限风光在险峰。

# 毕竟东流去

我猜想这条鹅卵石遍布的路，尽头会消失在河水里，踩着它慢慢往前走。左边是黄河，浩大而安静的水流，在脚下向东去；右边是密密的蒲棒地，在似有似无的微雨中一直铺展到远处的树林。在北方彤云密布的雨天黄昏，那同样浩大无声的天底下，我踩着鹅卵石，尽量让鞋底避开那些小小的水洼和缝隙里钻出的野草。路比想象的要长，我渴望着能有一个伴侣走在身畔，低声地、无心地边走边谈，可是连黄河都无语，谁又能知道你是个多情的人？我拄着伞，想象着她走在我的身边，用怎样的眼神、怎样的语调，和我共享这万古奔流的江河在苍穹下沉静安闲的时光。可我，也不知谁是那个有情的人。哈代说过，“所以呼唤人的和被呼唤的，很少能互相应答”。

颓圮的旧木船，沉在河边的沙石里，雨雪和烟尘使它腐朽成黑色，而侧身的草丛竟然是那样逼眼的绿。我离开人群时，篝火已然烧得很旺，在这样微寒的天气，我贪恋那跳动的温暖，但我还是从玉米地头那几株老柳树边下了缓坡，一个人踏上了陌生而熟悉的有点泥泞的河边的土路。我爱着那群人，和他们在一起享受着快乐，我们相处自然，因为是人类里同一个族群。三十五岁后，我的叛逆自己消散了，清高也被美酒淹死多年，永远地告别了那个为赋新词强说愁的少年。我的出走，是感受到了两个人的召唤，一个少年，在二十年前的田间路上望着我，他羞涩的笑容让我伤感，他的目光牵引着我的脚步；还有一个有着星星光芒的眼睛的人儿，她说想一起去走走，我陪着她慢慢走向河边。而此时，抬眼望，少年已经化作了烟霭，笼罩着山顶古老的烽火台；驻足倾听，身侧也没有另一个人的脚步声，河水的浅吟低唱，是我低回的心弦。

黄河之水从天上来，奔向何处去？上穷碧落下黄泉，两处茫茫皆不见，你尽可以面对着她，发万古之忧思，转过身，你又敢对谁诉说相思之忧愁？谁又能不顾羁绊站在你身侧和你一起看这河水？我们已经忘记，终究尘要归尘，土要归土，世道并不艰难，却是人间自由艰难。忘情已经被古人永远带去，现在，谁不是以为自己会永远不死？欲望巨大到奢望永生，我可怜的人儿啊。我拖着伞走，身畔的黄河笼罩着烟霭，那浩大的逝水看上一眼就足以洗心。几天来的狂乱和忘形，那些不可告人的小心思，被河水带去了天边，还有什么值得计较的呢？这无尽的江河，把胸中多少的块垒浇不灭？青山遮不住，毕竟东流去。这万古的洪流，它入了我的眼，入了我的心，我得到了我真正需要得到的，隐秘而浩大。

人心难猜，天地造化却总如人所愿。这条也许是河坝的石头铺就的路，在我的脚下消失在了滔滔河水之下。我站在水边，缓缓的潮水涌动着洗刷着我的鞋底，那个少年再次显现，他正弯腰在浅水里摸鱼，身后洪波涌动，星汉隐耀。他无暇顾及不远处那个对他怅望的人。二十年的光阴就像眼前的流水一样逝去，不舍昼夜。我认得出他，他认不出我；他就是我，而我已经不是他了。我踩着几块大石头，跳上水中的石堆，四顾之下，一片茫然。铅云低垂，暮色欲合，我该回到人群当中去了。循着来路往回走，岸上的野草和水中的水草一样丰茂，虫声已经很高潮，喧闹而寂静，虫声和水声密密地冲击着耳膜，如鼓如雷，我却听到了后面巨大的寂静，如同二十年前那个在田地里怀着无望的心绪劳作的少年，他似乎没有未来，但他拥有天地。

放河灯的人排着队迤逦走向河边，我们这些客人，因为人数众多，竟然也洋溢着庄严和肃穆，好像点亮后随水漂去的河灯，不是游玩的项目，确是祭奠那些顺流而下一去不返的走西口的灵魂。黄河的水喝不饱肚子，却带走了那么多走口外的汉子，民歌的成分里，有河水，有泪水，也有血水，我只记住了一句："难过不过人想人。"当年唱这歌的人，他死了，我们知道他真正地活过；而我，我活着吗？

人多处最多的是笑声，这方圆不过三百亩的河心沙洲，承载着超重的快乐。传说中，这里是李广的后人保护刘恒的母亲避难的所在，我想起了他们，也想起了"李广难封"，李广至死没有封侯，但他是汉人心目中家国的守护神，"但使龙城飞将在，不教胡马度阴山"。我们此时点燃的烽火，是否激动了李广的英灵？刘恒把母亲接回去做太后了，保护她的飞将军后人却留了下来，据说，多少年来这里都保持了一百零八口人的格局。他们给太后盖了庙，两千年后，我走进小庙的大殿，只有一位僧人敲着木鱼，和着一个小录音机里荡气回肠的唱经声，那歌声，让你多情，让你清心寡欲，让你心生欢喜，又让你悲欣交集。我想起了李叔同那首《送别》词："长亭外，古道边，芳草碧连天。晚风拂柳笛声残，夕阳山外山。天之涯，地之角，知交半零落；一壶浊酒尽余欢，今宵别梦寒。"弘一大师就是用佛经颂唱出了万古愁绪，告诉俗世中的人他体会到的悲欣交集。

天黑涨水，渡船上载的人太多了，扳船的老人已经八十多岁，万古年轻的河水让他力竭，渡船离开了航道，顺流而下，几欲在几处沙洲搁浅。船上的人悄然无声，默默地等着这苍老的水手勉强把船拢到了岸边，这里不是码头，是湿漉漉的庄稼地。大家无声地跳下船，陆续穿过玉米地，在泥泞的路上走成企鹅一样的队伍，没人说话，听见先头船上的人在岸上此高彼低地打手机询问谁在那条船上——各人自有牵挂的人，说不清楚为什么总是在危急时刻会觉得里面有他。对岸苍茫的暮色里，依然有许多刚放完河灯的人，等着渡船，像是战时的难民。人在天地间活着，除了要面对人心，还要面临困境。活着的继续玩乐，逝去的人像河灯一样逐水而去。无尽的水声里，你能体味到某种彻骨之寒，同伴说话的声音，又像篝火一样带来温暖。

人都平安，历险就成了快乐。但却有人暗中伤怀，这样的氛围里，我们容易想起逝去的亲人。然而，我却不知道如何去安慰一个伤心的人儿，在热闹的人群里，怎样去揣度一个人流泪的理由呢？我只知道，一个人的时候，有很多事情可以伤心。那年，九十六岁的奶奶终于去世了，我们都解放了。父母到太原给我看孩子。空荡荡的老院子，生长了我们几辈人的地方，荒草丛生，只留奶奶的灵魂蹒跚来去，成为院落的保护神。没人知道，多少年来，我一个人的时候会突然痛哭失声，怀念那个世界上最疼我的老女人，而我就算愿意砍掉一只手臂，也不能换回她对我的一个溺爱的眼神，对我溺爱的抱怨了。我知道，奶奶的去世，意味着我已经不是这个世界的宠儿，我永远地失宠了。清明节或者农历七月十五，我会去奶奶的墓前磕一个头，我偶尔去那片荒草中独坐，靠着墓碑，承受着夕阳的抚摸，感受着自己还是一个可以蛮横撒娇的孩子。而我，永远不是了。因为那个叫奶奶的老女人再也不会回来了。我至死，都会用孤独的饮泣来思念她，而这些已经是徒劳。我能理解，因为思念而伤心，是因为觉得她活着的时候对她不够好，愧疚不像这滔滔逝水渐去渐远，心里的伤，只能用泪水去冲刷，河水无能为力。

还有谁在伤心呢？她又想起了谁？当一盏盏孔明灯升起在长河上的夜空，我觉得，它把我的心揪了出来，飘飘摇摇带去了夜空之外。有两点星光，它们在夜的天空里的光芒，像是那双眼睛。我是个出了远门就容易丢魂的人，从来喜聚不喜散，飘摇在这李白曾经飘摇过的黄河之水上，望着河对岸夜幕里的山顶上我们点燃的李广的烽烟，听着这欢聚时刻的笑闹声，面对着即将到来的分别，那且喜且忧的两亮点星眸，如何能不念天地之悠悠，独怆然而涕下？

愿这天地，这黄河，你和所有古往今来的人，都能原谅我的俗，我的悲欣交集。

# 秋染长白山

丁酉中秋，与几位好友相约来到长白山。

清代诗人吴兆骞有诗云："长白雄东北，嵯峨俯塞州。迥临泛海曙，独峙大荒秋。"长白山上看不到海上日出，却有天池映月更令人遐想。穿行于中秋的"大荒"林海之中，我才体会到什么叫作"人在画中游"：一片白桦树展开的银色背景上，突然用丹青描绘出一株绿到发蓝的松树，在去往天池西坡的摆渡车上，这样美到极致的国画图景，不时从眼帘映入心灵，让人爽到发呆，确信身临仙境了；而在松林染黛的山坡，又乍然涂抹上几道亮黄的落叶松和绛红的枫火，又让人从国画山水穿越到现代抽象油画里，如此大开大合又妙不可言，就是长白山秋天的撩人之处了吧。海拔随着盘山路上升，林木开始稀疏，在如烟似雾的茅草地的远处，那些落尽叶子只剩一身银光闪闪的鳞片、又虬枝盘结的岳桦，如千万条探爪游龙，争相飞升，又似海中珊瑚，随波摇曳。然而，海拔继续上升，在只有衰草包裹再没有一棵树木的山峰，长白山脱去霓裳准备去天池沐浴，裸露出他巨人般的肌体，一切都纤毫毕现而全无荒凉面貌，正是因为覆盖着他的健硕躯体的，还有一层厚实的黄绿相间的草甸，是所谓高山苔原。

我来自太行山脉的山西，跟太行山比，长白山没有那么雄伟，但他却更显博大，如果说太行山是骨感的，那么长白山则充满了肌肉的力量，曲线平滑而肌腱隆起。长白山，辽代之前称太白山，传说太白金星有一面宝镜能鉴美丑，天帝有二女，借来宝镜比美，略逊的那一个恼羞成怒，甩手将宝镜掷下尘埃，落于太白山峰顶化为天池。这样说来长白山是沾染了仙家之气的，而世人想一窥天池宝镜，要讲缘分，更要看天意。正所谓天意从来高难问，有很多人七次八次十来次来看天池，奈何终年云锁雾罩，从未能一览仙颜。就在我们来的前一天，还雨雾迷蒙道路封闭，谁知睡了一夜就秋气清爽、阳光照耀到要喷防晒霜才好上山，于是趁大好晨光早早动身登山，在昨日滞留等待的游客潮涌而来之前，已然站到了西峰俯瞰了天池全景。

之前，我并不知道，原来长白山还是一座活火山，天池，就是三百年前喷发时的火山口，它是一座高山火山湖。第一次登顶就将天池一览无余，大家都在相贺，而我却没有多么兴奋，大概是因为天池的水太寒冷了，冷到水波不兴凝结如晶；大概因为天池的水太蓝了，像一颗十平方公里的蓝宝石，让凡人不敢动心；大概是因为天池周围没有草木，它就是一个巨大的火山口蓄满了水，没有树木掩映小草盈岸；大概是因为池边兀立的黑黢黢的火山岩怪石高耸，如同面目狰狞的四大天王守护宝镜，令人畏惧。转过身来俯瞰群峰，我更对一览无余气象万千的山势云气感兴趣，所谓“仁者乐山智者乐水”，大概我从来就不是什么聪明人。站在观景台上，背对天池，俯瞰来时随着海拔渐次变化的植被，依稀可见苔原将尽处，稀疏的塔松、冷杉遍布，仿佛沙场秋点兵。我恍惚想起与长白山有关的中国历史，凡将长白山纳入版图的朝代，多为盛世，汉唐曹魏莫不如此；凡失去长白山的多为黯弱政权，如南宋和民国。界碑，何尝不是盛衰的分野，兴亡的见证？

据说从北坡和西坡可以看到不同的天池景致，我却对池南的原始森林更感兴趣。下得山来，寻路到天池南坡，公路边有“秃尾巴河”观景台标示，停车观瞧，只见一片茫茫苍苍的密林，我等“甚异之。复前行，欲穷其林”。林尽水源，豁然开朗，有条溪水自夹岸的衰草和落叶松林幽幽流出，水寒而清浅，绿到发蓝，水草柔长，密集而摇曳，波光中如无数蓝孔雀竞相开屏。我等魂魄为之震撼，美其名曰：“孔雀河。”泠泠的波光中倒映着落叶松林，我从未想到落叶松在秋天里会是这样的绚烂，作为笔挺的乔木，它们高大而密集，树冠在秋天里变得金黄，层叠相连，像展翅的凤凰将煌煌大羽伸展到一碧如洗的蓝天里去，在阳光下仿佛是一个堂皇的神迹。而那金黄并不刺眼，它的色调是柔和的，有一种内敛，有一种大气蕴藏其中。这样的背景之上，山川都氤氲着仙气，让你无端地相信长白山是有神的，它是万物之灵，也使万物与人通灵。我因为前两年写作《中国战场之共赴国难》，这部书要从东北沦陷开始讲起，曾来过几次东北采风，每次走在这块绚烂的黑土地上，我都觉得它是神秘的，像地底火山一样奔涌着热流。在所有的抗战歌曲中，《松花江上》是最能让人从悲伤中产生激愤，又从激愤中唤起勇气和力量的，与“雄赳赳气昂昂跨过鸭绿江”不同，它虽然不是一首战歌，但它的感召力却是从土地连着血脉，又从血脉连着心跳的，它穿越时空，至今都用每一个音符每一个字和我们心里的家国情怀律动共振。

“我的家在东北松花江上”，那是怎样的一条江呢？我才知道，没有落叶松就不能叫松花江，正是漫山遍野的落叶松金黄的松针飘落到江面上，厚可盈尺，才把一条奔腾的大江装扮成金色的巨龙。

这神奇的景象，是自然造化，也充满了神性和诗意。而松花江并不直接发源于长白山天池，它是由锦江和漫江两条水系汇流而成的。在池南区的满族祖源地之一建州女真讷殷部的古城，我们看到了“两江合一江”的壮观景象。锦江，漫江，都是后来改的名字，在努尔哈赤统一建州女真各部的明神宗时期，锦江叫紧江，而漫江叫慢江。紧江，顾名思义，就是水流湍急的江，而慢江就是平缓漫漶的江水。慢江开阔清浅，沿着山根迤逦飘摇而来，仿佛霓裳羽衣衣袂飘飘的仙子，而紧江斜刺里从茫茫林海冲出，如同骑着快马的佩剑书生，他不由分说将仙子挽上马背，相携奔驰而去，他们萍踪所过之处，就是头道松花江了。紧江和慢江在我们眼前清晰而完美地汇成了松花江，仿佛讲述着一个亘古的动人传说，然而，任何传说故事又都不足以承载它的神性和美好。

清入关伊始，顺治帝就颁旨封禁长白山，直到两百多年后才解禁开放，无论清廷是否为了保护他们的“龙兴”之地，长达两个多世纪的封山育林却使长白山的生态得到了最好的保护。又一个半世纪之后的今天，我们走在池南的原始森林之中，才得以领略《山海经》里“大荒之中，有山，名曰不咸”的本来样貌。在供参观的栈道的围栏之外，密林之中随处可见倒木，它们在山林之中生发，历经千百年风霜雨雪后寿终正寝，以雄伟和悲壮的姿态倒伏在新生的树丛之中，令人心生感慨。“沉舟侧畔千帆过，病树前头万木春。”这是自然的轮回，也是人世的写照。万物有灵，“顺其自然”而不自作聪明地去改变自然法则，就是我们应该秉持的敬畏之心了吧。此时夕照漏射进密林，橘黄的光芒在黛青的林霭里制造出亦真亦幻的奇景，仿佛有骑着猛虎的美丽山妖正在神熊树精的簇拥下风驰电掣而来。我为之意乱神迷、魂飞魄散。

李白有《登太白峰》一首，诗云：

西上太白峰，夕阳穷登攀。
太白与我语，为我开天关。
愿乘泠风去，直出浮云间。
举手可近月，前行若无山。
一别武功去，何时复见还。

写的虽然是秦岭的太白山，却道出了我登长白山的感悟，我才不足，借来以抒胸臆吧。

# 北地树　佛脚印

## 北地树，月华清凉

就算是北方省份，也有着明显的南北差异。从太原往北走，一路走高，树木的姿态变得内敛，枝和叶都往里收，收成一束朝着天空高举。叶片极小，像鱼鳞，遍体都是，连主干都不能放过。且都聚集成林，密集生长，这里一簇，那里一簇，或在山洼，或在路边。所以北地的树少有成材，多是因为主干自根部就多生旁枝末节，且树间距过小，密密匝匝拥挤着过集体的生活，没有过硬的自身素质和足够的发展空间长成参天大树。就连树林也称不上，顶多算作树丛，这样的树丛不堪大用，却极具国画的意象——在山间，突然有一片较为开阔的坡地，那坡上就有这样一簇树丛，便是天然的国画，意象横生到叫人心胸涤荡着诗意了；要是恰巧这树丛再抱着几户人家的一个小村庄，更巧像我们遇到的这样一个空山新雨后的黄昏，一抹夕照从西天直射照亮这个小村庄的所有房屋的一面山墙，那意境，就有了油画的鲜亮了。

北地的树木都内敛，恰和北地汉子的豪放粗犷相反；正如晋南的树木疏放，而人却多儒雅细腻。这里可说是有着水土的关系，但也不独是水土的关系，你看北地干旱少雨，主产粗粮，连麦子也是大麦，女儿家却多奇葩，倒是水灵灵的如同江南浣纱女，譬如大同，更是可以说美女如云；而晋南风调雨顺，麦子养育了五千年的文明，粗粮向来是牲口的饲料，可尤其运城，难得一见能和文化相配的婀娜身姿、靓丽容颜。这里就无关水土，而是人事缘故了，盖中原文明数千年多遭游牧民族侵扰，以五胡乱华为盛，为害范围常在太原之北，倒是起到了融合血脉、改良人种的作用，是以北地人多翘楚；而晋南表里山河，人种固化，进而不免退化，长期的农耕劳作，使衰退的基因更加受到后天的改变，不免渐露粗笨之相。可知人非草木，怪不得水土也是有的。

明天是农历的十五，我们这几个晋南人提前一天进入五台山的腹地，准备着来日凌晨的礼佛进香。即使在山下，海拔也已经在一千六百米之上，季节从炎夏返回了仲春，西装也难抵这清凉胜境的寒意了。纵然明天要焚香礼佛，也免不了晚饭喝两口酒驱驱寒意。下车已经是山间黑夜，甫一抬头，便见一轮皎月如同射着毫光的玉盘，升起在黑越越的山脊之上。月之皎皎，更显山之巍巍，月如玉琢而山似墨染，当时就看呆了，不忍扭头而去。月之皎，尽显其清冷气质，如天人之眸。从前，我青春年少之时，遇此景常有亦真亦幻之感，把现实和梦幻颠倒着来过；而当此时，我已经中年，自我渐渐回归本我，不再能轻易灵魂出窍了，因此此时的欣赏和惊叹，便是实实在在被震动心魄了。两位师兄更长我几岁，繁忙之余竟也悠游了许多，人生更加回归自然，什么节日该做什么事，便就做了：九月九日应登高，即呼兄唤弟一起去云丘山览胜；谁的生日到了，念及慈母受难不易，兄弟有心便一起去拜望慈颜；似这等初一、十五进香礼佛的心，同心兄弟同来，菩萨和五郎必也嘉许吧。

山间特色小饭店寒意逼人，欢宴许久，那对貌似夫妻的卖唱者直唱到生出热汗，男人嗓音一般，但把调儿很准，也颇能唱出些情致来，女人倒只是为他举着麦克风打打下手了。我不忍看他们沧桑的面容，只举杯喝酒低头吃菜，偶尔被歌词触动，失一会儿神。我从来不是个惜命的人，但也不轻贱自己，只近些年来，常常会怀疑起俗世的种种追求意义何在。但我不敢对人言，亲近者和疏远者都会因此质疑我的精神状况。佛解决不了我的问题，早在三月里，我连佛的故乡蓝毗尼都去过了，带回几片菩提树叶和一首诗，可我的苦恼依然未得指点迷津。

想起一首诗来，散步回来的路上背给他们听：

我修习的佛的脸面，
从未在心中显现。
我未修习的情人的容颜，
却清晰地在心中呈现。

当然他们不难猜出是情僧仓央嘉措的诗歌，可见他这一世的达赖虽然因情招祸没能位列金身塑像，却实在是被塑在世间有情人的心间了。

其时月光如练如华，脚下婆娑的树影让人不忍去踏这御笔所赐的清凉胜境。

## 震悟大千，佛脚印

我竟是如此的孤陋寡闻，二十年来居然以为闻名遐迩的五爷庙就是当年金沙滩血战后出家五台山的五郎杨延德修行的庙宇，还私下里嘀咕过多次：这杨五郎一介凡人，怎么出家后就成了神灵，还抢了文殊菩萨的风头了呢？想来想去没想通，我的规矩是，想不通就先接受，然后再慢慢往通的去想。去五台山的人，多是到五爷庙许愿，怀着大的心思和心结去，很郑重其事地去，而我这么多年来，竟然没有什么值得去祈祷的正经事情，所以居然没有去拜谒过五台山。此番要不是两位师兄的盛情，还真不知道会有什么机缘这般懵懂地前来。

五爷庙的名头太响了，以至于当我来到这座神奇的庙宇之前，它的朴素远不如我想象中的气势恢宏和殿宇广大，倒是山门前烧香的人海证实了传说的不虚。我当然不能免俗，既然来了，就是为了拜一拜，以示对神灵的敬畏和折服，于是排队请香。香火大致分五种：一种为自己祈祷平安健康；二种为全家祈祷平安健康；三种求财；四种求官；五种求财兼求官。价格都贵得吓人，但跟神灵是不能讲价钱的，你要和神灵讲价钱，神灵就要和你讲价钱，说到底是和自己过不去，且不论心不诚事不灵，还不如不来这一次。陪同的小张提醒我们提前想好要许什么愿，说可以向五爷提三个要求，我扪心自问了一下，居然发现自己无欲无求，很把自己吓了一跳。其实也不是没有心愿，只是我的烦心事哪里能对五爷讲，别说诉说给神灵了，就是讲给人听，恐怕也会让人家对我的人品产生怀疑。但是既然到了跟前，还是要对这五种香火做个选择的，我选了第二种，并且在焚香祷告的时候只向五爷提了一个要求，那就是请他老人家保佑我全家都能健康平安。还有什么比一家老老少少的健康平安更大的事情呢？其他的，随缘吧。

山门外烧香，大殿里叩头，我一边拜五爷，一边打量他老人家到底是哪位尊神，拜完了，也没悟出来。只得悄悄再问小张，她倒没有嘲笑我的孤陋寡闻和对五爷的不敬，告诉我：五爷是东海龙王的五太子。原来不是杨五郎！关于五爷的神迹很多，当年雍正爷曾来五台山向他祈愿，得偿后把自己身上的龙袍披到了五爷的神像上。这就一切都昭然若揭了，譬如后世敬仰的许多大神，多是经过历代天子不断加封而万丈金身的，最著名的是我们晋南的关老爷，早就海内外都虔诚供奉了。南方和海外多把关二爷当财神敬，而在中原大地，人们多是敬重他老人家作为人的义薄云天。我儿时听过一个民间故事，足以反映老百姓对关二爷的人性化热爱，说的是某天二爷带关平出巡，把庙里的事交代给周仓代办，可巧就来了四个上香许愿的百姓，一位说他刚点上豆子，希望二爷能下点雨；一位说他明天晒谷子希望二爷能出太阳；一位说他要扬场希望二爷能吹点风；一位说他要出海打鱼希望二爷能风平浪静。周仓抓耳挠腮，胡子都快揪光了也想不出个万全的办法，好在天黑前二爷和关平回转庙堂，听周仓一汇报，二爷微微一笑，吩咐笔墨伺候，左手轻挽美髯，右手挥毫写下四句：夜里下雨，白天晴；水平如镜，陆上风！——看关帝多么深得民心啊！

而在多山少水的山西北部，出身大海的五太子能够得享这样繁盛的香火，雍正皇帝的龙袍加身意义重大。记得儿时还读过一则民间传说，说龙王梦会唐王李世民求他办事，太宗惊惧道，我怎么能管了你们神仙的事情？龙王作揖，道出原委：我虽能行云布雨腾云驾雾，不过是业龙，而陛下贵为天子，乃是真龙！没有真龙的龙袍加身，业龙的神通不能如此广大。且不论这一回，单说五爷庙的香火旺盛不衰，想也是五爷有求必应，深得民心吧。而五台山毕竟是文殊菩萨的道场，却容得下五爷庙如此这般的红火，更是体现了菩萨的智慧和雅量，我佛慈悲普度众生不是诳语，断非钩心斗角蝇营狗苟的俗世中人所能理解的。车水马龙来拜山，熙熙攘攘来进香，倒伏跪拜在尘埃，自以为涤荡了身心，满足了心愿，当回到红尘万丈中去，有几人还能记得菩萨苦口婆心的絮叨?

五台山寺庙百余座，到处是帝王将相们前来拜谒的足迹和手书。从五爷的地盘能望到五台山的标志：白塔。白塔都被用来作为拍照的背景，塔院寺却相当的冷清，我趁着大家欣赏山门前影壁上的油画，径自迈过门槛进入寺中。正是朝晖泼洒的时分，富态雍容的白塔，也似一尊巨佛矗立，雄伟庄严中有灵秀之姿。朝晖如洗，碧空无云，更显其洁，我正叹为观止，一声雄浑深邃的钟声响起，震慑灵犀，接着又是一声，几欲将俗魂糟魄荡去。有飞鸟在钟声悠扬的声波中飞起，似心生喜悦，报以翩翩。真个是“震悟大千”，无一幸免。

小张跑上来问：大显通寺今天做大法事，要不要去看看？我们问何时开始。她指指天空说，听这钟声，就是开始了。于是急匆匆围着白塔转了一圈，把那无数转经筒拨动，再赶去大显通寺瞻仰聆听祈福法事。未进山门，已然被海潮般的佛号所浸透，显通寺的大雄宝殿前，千百僧尼跪拜在苍松翠柏之下，双手合十口诵真经，无数善男信女在周边跪倒尘埃，有一种大力量隐隐让你心颤泪溅，那就是信仰。而我却心生慨叹，三月里，我随中国作家代表团去访问了印度和尼泊尔，在印度的佛教圣地鹿野苑，佛陀第一次讲经的地方，当年唐玄奘西天取经时所见的胜境早成了废墟，在印度，如今佛教的信众只占总人口的百分之零点八，那一小簇身披袈裟的僧人在菩提树下的坚守，几乎像沙漠上的蓬草一样无奈和悲壮，远不如中华佛教文化的发达与兴盛。而在尼泊尔的蓝毗尼，佛陀出生的宫殿也早成残垣，几处断壁被东南亚来的信徒用金粉涂抹得金碧辉煌，在宫苑里的两株菩提树下，环坐着两圈苦行僧，袈裟破旧肮脏，双目微闭不理睬人间喧嚣，而在其中竟然也混杂着几个假和尚，衣冠鲜艳，眼风流转，不停地勾引你过去和他合影，示意你施舍给他在尼泊尔绝对硬通货的人民币。我一边捡拾掉落在地上的菩提树叶，一边体悟着佛陀的昭示，这菩提树下的真假苦行僧，不正是人世间真相和幻象并存的写照吗？

有一通两丈高的大碑，碑身的字迹已然无法辨认，碑头上一圈雕龙纹饰包围的空间里，有一块水渍经年不干，活脱脱一个脚印，寒暑易节不改其形，千百年来被无数信徒香客瞻仰，无论僧俗，都深信那是佛的脚印，佛留下这个神迹，不是叫你科学解读，是教你信。

我们悄声问一位佩戴着红袖标维持秩序的僧人：这场大法事为谁祈福？

僧人答：就是为中华祈福。

# 沁水寻踪柳宗元

历史是一条长河，或壮阔或舒缓，从过去向未来绵延。无数伟大的人物的思想，像支流注入这条长河，柳宗元是其中的一位。柳宗元是一位思想家，他穿越千年与屈子对话，写出了《天对》；柳宗元是一位政治家，他是“永贞革新”的中坚人物，写出了《封建论》；柳宗元是一位文学家，他与韩愈一起推行“古文运动”，写出了《永州八记》，并使寓言成为独立的文学体裁。思想家、政治家、文学家作为支流，汇聚成伟大的柳宗元，柳宗元就是一条大河。然而很少有人知道，汇聚成这条大河的还有一条不可忽略的支流，那就是建筑家。柳宗元的政治思想和作品被后世广为传诵，而他的建筑思想，只是被他的后人所继承，像一颗遗失的珍珠，穿透历史的尘埃，隐隐放射着光华，成为他作为伟大建筑家的佐证。

千年之后的今天，柳宗元这条大河的分支遍及中华，“天下柳姓是一家”，他们沐浴着他的光辉，继承着他的荣誉。其中一支，遗落在太行山腹地的沁水之畔，向世人昭示着柳宗元不为人所知的另一种伟大：景观建筑的美学思想。沁水是黄河的第二大支流，也是山西域内的一个县名，从沁水县城往东南二十五里，有一个只有五十余户人家的小村子，全村二百余口人，九成以上姓柳，他们是柳宗元后人的一支，明代进士柳琛的子孙。村名叫作西文兴村，依山而建，布局如展翅的凤凰，与山水相映，气象非凡。明永乐四年（1406 年），柳宗元流散迁徙到沁水县的后人中，有一位叫柳琛的殿试三甲，中了进士，选址建宅并修祠堂、文庙、关帝庙，定居沁水之畔，后又经历代添修，形成现在可见的十九座院落的规模。村子总观为典型的明清城堡式庄园，分为外府、中部、内府三部分；院落结构为四合院式，每座大院四角都有一座小院，是明清典型的"四大八小"的建筑形制。西文兴村的建筑风格虽然是明清形制，在选址和美学上体现的却是柳宗元的建筑思想，可见柳琛和他的后人不仅仅只承继了柳宗元的政治抱负和文学追求，柳宗元的景观建筑和不满现实的思想体现在这里的一切宏观和细微之处。在可考的文献当中，关于柳宗元的建筑理论，有这么一段话："君子所有游息之物，高明之具，使之清宁平夷，恒若有余，然后理远而事成。"他说的是，景观建筑不但要注意体现自身的功能和使用价值，还应重视景观的社会价值，从人的行为和人体生理角度看，良好的建筑景观能使人心情愉悦，有利于提高工作效率。可想而知，当年柳琛虽然要建的是宅院而非景观建筑，却把柳宗元的景观建筑思想运用到了其中，西文兴村依山而建，就坡取势，以山石地基为材料，有天然草木为景，溪泉环绕，使建筑与山水亲和相融，天然有真趣，丝毫无匠意，宛若天成，疑似神工。这正是柳宗元"逸其人，因其地，全其天"的设计原则的充分体现。

先后被贬到永州的十年和柳州的四年，柳宗元不但在文学和政治思想上完成了最为辉煌的作品，写出了《永州八记》和《天对》等著作，还亲自规划建造了两地多处景观建筑。唐永贞元年（805 年），"永贞革新"失败，柳宗元被贬为永州司马，永州在唐时为人烟稀少的边远之地，瘴疫流行，人民困苦，虽然自然风光旖旎，却一派原生态的庞杂和神秘，没有与人民生活自然和谐的景点可供休憩和怡然，柳宗元“上高山，入深林，穷回溪，幽泉怪石，无远不到”，选定开阔或深邃之处，因地制宜，规划建造了愚溪、龙兴寺西轩、法华寺西亭等许多处景观。唐元和十年（815 年），柳宗元被赦返京，随即又被贬到更远的柳州，在柳州刺史的任上，他同样建造了柳州东亭等多处景观建筑。柳宗元的建筑作品和他的文学、思想作品一样意义重大，而今的西文兴村是可资考察研究的珍贵“柳氏民居”。柳琛选址和规划的西文兴村，用柳宗元的两句诗来描画最为贴切：“日出雾露余，青松如膏沐。”“闲依农圃邻，偶似山林客。”民居与自然达到了天然相宜的境界，即使在今天，也值得关照与借鉴。

唐元和十四年（819 年），四十七岁的柳宗元不堪“立身一败，万事瓦裂，身残家破，为世大谬”的遭遇，黯然病逝。他的作品被好友刘禹锡编成《柳河东集》三十卷，其中绝大部分篇章抒发他被贬后超脱的心境和对统治者的不满与批判。他的这种精神被柳琛和后人继承，并且以一种隐晦的方式体现在西文兴村的建筑设计上，数百年间，他们已经把皇宫建筑工艺巧妙地转嫁到自己的院落，在大门牌楼上雕着只有皇宫才能有的九层莲花浮雕，廊前的柱子下垫的石鼓，竟然是皇宫才能用的龙的雕饰，门户上的木雕，上面是蝙蝠，下面是龙。“蝠龙”的潜意为“伏龙”，可见虽然后世不断有人做官，柳宗元对朝廷的愤恨和反抗还是被后人所念念不忘，他们冒着可能因为欺君犯上而被诛灭九族的风险，以特殊的方式纪念着他们的先人。在西文兴村，我们不但能找到柳宗元被世人忽略的建筑思想，还能找到他卓绝不屈的精神的物化。封建统治者自称“天子”，把自己的特权归结为“天意”，而柳宗元彻底否认了这种荒谬的唯心论，写出奇书《天对》，从自然哲学观出发，彻底否定天帝与神灵的存在。毛泽东说：“屈原写过《天问》，过了一千年才有柳宗元写《天对》，胆子很大。”（《毛泽东在上海》第143页，中共党史出版社1993年版）柳宗元的后人继承了他的大胆，他们在盖房子的时候把“龙”来垫脚，梦想着有一天能够“伏龙”！

不过我对“伏龙”的意思还有一种理解，就是柳氏后人认为自己是“潜伏的龙”，梦想有朝一日重新登上庙堂，大展宏图，把柳宗元未竟的事业和心愿完成。这是一种政治抱负，柳宗元传世的作品中有很大一部分是政治思想著作，他虽然具有极高的文学天赋和造诣，志向却在经邦济世，青年入仕之时，他甚至很瞧不起写文章的人，认为那是雕虫小技。他的文学活动，都与政治理想紧密结合。即使是在被贬的岁月里，他也不仅仅用文章来批判政治，还积极参与地方建设和律法的革新，在柳州任上，他下令废除了当地人身典押制度，使岭南大批奴婢得到赎身解放，通过诸如此类的开明政治措施，仅仅三年时间，使柳州出现“民业有经，流浦四归，乐生兴事”的景象，时人称为“柳柳州”。他百折不挠的政治热情，被后人在西文兴村体现得淋漓尽致，他们修了魁星楼，希望能够高中及第，并给获得功名的柳氏中人在进入内府的大道上建造了一座又一座牌楼，把他们的功名彪炳起来，鼓舞后人。牌楼基石上的几对石狮子，用不同的形态演绎着活灵活现的“官经”，令人叹为观止。

经历了“文革”和居民的人为改造，这座柳宗元的后裔的府第，遭到一定程度的破坏，在村党支部书记柳拴柱的奔走下，2001年初当地政府开始着手进行全方位的保护和开发。在山西沁水柳氏民居实业开发公司的安排下，柳氏后人陆续搬入附近修建的新村，把古老的民居腾出来让天下柳姓人寻根和热爱柳宗元作品的人们观瞻。保护和开发正按照清华大学城市规划设计研究所制定出的《西文兴古村落规划保护方案》进行，2004年9月1日在这里举办首届柳宗元文化节，西文兴古村将成为热爱柳宗元和他的作品的人们寻踪与怀想的圣地。

# 雨中去吕梁

毫无疑问，这是一块热土！

连绵的秋雨洗净了老区的山峦、庄稼和村落，当载着山西省委党校第五十六期中青班六十名学员的大巴车进入吕梁山境内，被拉煤重卡压坏的公路造成不断的颠簸，放眼望去，即使穿越县城平坦的街道，依山而建的城市依然顺应着山势的起伏。

我的心情也渐渐不平静起来，车窗外的高山低谷、丘壑田野入眼入心，雨雾之中仿佛不是这一世的景物，而是经年旧景，更兼前世风貌。2012 年，我的长篇小说选题《中国战场之共赴国难》入选中国作家协会该年度重点作品扶持名单，为全面展现在东北沦陷、华北事变后中华民族面临亡国灭种的关头，中央红军长征到达陕北后，毛泽东毅然率中国人民红军抗日先锋军渡过黄河东征山西，并成功主导了抗日民族统一战线的形成这段鲜为人知的救亡史，我来到吕梁山采风，熟悉山川形胜，并瞻仰了红军东征纪念馆，在毛主席的塑像下留了影，希望能沾染一点他老人家的豪迈气概，顺利完成这部“史诗”之作。

在接下来的两年写作期间，我又去了一趟东征红军回师西渡的临汾永和县考察，基本上做到了对晋西南的地理风土都了然于胸。

那段波澜壮阔的历史不出意外地挟裹了我，写作到激动处，我为了平复自己的心情，会点上一支烟，离开座位在书房里兜圈子，或者卸下眼镜用纸巾拭泪。“表里山河”这个词，是专门为山西造的，从那个时候起，这块热土和她的人民对于中国革命和建设做出过多么巨大的贡献啊！

当年，八千山西儿郎跟着红军渡河去了陕北，从此投身革命抛头颅洒热血；此刻，当满载青年干部的大巴车行驶在当年东征红军走过的吕梁山里，透过绵绵细雨，我仿佛看到了历史烟雨的那边，衣衫褴褛的红军队伍在昂扬地急行军，革命必胜的信念在鼓荡着他们的心。信念，是多么重要的东西啊，不是一个人而是一群人一大群人共同的梦想，光有这个梦想，他们的人生价值就是不可估量的，或许，这才是我们最应该学习和具备的。

这次组织去吕梁方山县于成龙廉政文化园参观学习，原本不在教学计划之内，是应中青班的学员们的强烈要求，经班主任请示培训部、教务部和党校领导后，学员们主动牺牲了一天的节假日上课，挤出一天的时间来去于成龙的故居参观学习。秋雨如织，大巴车颠簸着驶入方山县北武当镇来堡村，远远可以望见故居院子里一株树冠高大的乔木蔚然如盖，初始，大家都以为是一株槐树，但文化园的负责人告诉我们，那是一株卫矛树。卫矛科是一种药材，多为藤类或者灌木，鲜见如此高大的乔木。这株高龄一千四百年的卫矛树堪称“卓异”，于成龙从小在这株奇树下读书参悟，这株树也成为他一生为官“卓异”的象征和写照。

当年，于成龙四十五虚岁出仕，背井离乡抛妻别子去刚刚归于清朝治下两年的蛮荒之地广西罗城赴任县令，面对老母和亲朋的劝阻，他坦言："此行绝不以温饱为志，誓勿昧天理良心。"这句话在当时和现在看来，都不算什么豪言壮语，但其实不然，有清一代，因循明制，官场和民间最流行的一句大实话就是"千里做官为了吃穿"，这在当时生产力低下的现实之中，本也无可厚非，但是却直接把官员的从政理念和价值观念从江山社稷和为民造福引导向一个不归之路，所以自清廷入关以来，吏治的腐败一直是令各代帝王们头疼的事情，在这种情况下，于成龙提出"绝不以温饱为志"，可谓敢为天下先，敢冒天下之大不韪，也是他"卓异"的肇始。自来到破败不堪、白天都有老虎闲逛的罗城茅屋县衙起，于成龙三次被清廷"举卓异"，从知县、知州、同知、知府等地方官到道台、按察使、布政使、巡抚、总督成为封疆大吏，又加兵部尚书、大学士等一品大员衔，他始终是清政府树立的"廉政楷模"，一生中的绰号都没有离开过"吃糠咽菜"等字眼，比如"于糠粥"、"于青菜"，儿子千里迢迢去看他，回去时他没有什么可给家里带的，劈了半只咸鸭让带给老妻，却又一次被叫作"于半鸭"。于成龙一生异地为官，以天下苍生为己任，两袖清风艰苦朴素，从来没有带过家眷，在"封妻荫子"的封建理念中，甚至有些违背"人伦纲常"，比如对老母生不能养，母亲过世也被"夺情"未能奔丧；对家中妻儿也未能照顾，任其耕种自食；沉浮宦海二十余年，只回过一次家，还是奉旨探亲，这在当时和现在看来都是常人所不能理解的，实在堪称"卓异"。当他年届花甲觐见康熙皇帝的时候，禁不住痛哭流涕，哭奏自己国而忘家，对老母生不能养，死不能葬的歉疚，被康熙皇帝口赞为"今时清官第一"，数度题诗、写匾褒奖他，嗣后又被御赐"天下廉吏第一"，赠"太子太保"，谥号"清端"。

于成龙之所以三次被"举卓异"，说明他在当时那样的普遍环境中出淤泥而不染，因此才"卓异"，如果大家都是清官，他也就不会因为清廉而数次被擢拔，以一个前朝副榜贡生的身份，在平均寿命不到四十岁的有清一代四十五岁出仕，六十八岁去世，二十余年从县令做到封疆大吏、一品大员，成为升官最快的一个。但不要以为他仅仅只是个清官，他能够被朝廷重用，还因为是个能吏，不仅政绩斐然，还武功高强、文笔一流。为什么这样一个文武双全有能力有魄力的人，一生身居高位，却甘于清贫自守，甚至多少有些不近人情呢？这还得从于成龙的后半句话里去寻找答案：“誓勿昧天理良心。”——于成龙是一个有信仰的人，他中年出仕之时，已经形成了自己牢固的价值观念和人生追求。那他的信仰和价值观是怎么形成的呢？首先要归功于他的父亲对儒家传统文化的传承，其父于时煌不务农桑，专攻儒学，将自己收藏的经史子集，悉数传授给于成龙兄弟及族中其他子弟，使于成龙从小接受了系统的儒家传统教育，奠定了一生的道德准则。而青少年时期的于成龙，曾先后寄居于永宁州（今离石区）于氏家族贡庙安国寺苦读六年，又在太原崇善寺研习四年，笃信佛家“因果报应”之说，使他不仅有信仰，还有敬畏天理公道之心，因此毕其一生在和人交谈的时候，一旦涉及私情私欲，他立即会板起脸来说“上帝临汝”、“天监在兹”，绝不徇私枉法。

儒家的道德，佛教的真言，造就了于成龙一生的信仰和价值观，所以他才能“卓异”、“清端”，成为“天下廉吏第一”。仰望着细雨中巨伞般的卫矛树冠，我在想，对于我们这些即将走入中年的青年干部来说，此行的目的不是参观一个古代清官的故居景象，不是为了看一看那些残碑遗迹，而是要从他的人生历程中得到启示，坚定自己的信仰和树立正确的价值观念，还要有当年跟着东征红军参加革命的先辈们那样的信念和梦想。于成龙和后来投身革命的吕梁儿女、老区人民，是山西的光荣，更是吕梁的光荣。安徒生说，光荣是一条荆棘之路。我们要像于成龙和革命先辈一样践行自己的人生追求，除了信仰和价值观，还要有他们那样义无反顾的勇气和艰苦卓绝的奋斗精神。

此时秋雨迷蒙，我们参观完返程时，回望于成龙故居，那株卫矛树在雨中卓然屹立，历史告诉我们，我们回望的应该是中华传统文化的伟大力量，我们热切地呼唤着中华文明的复归。

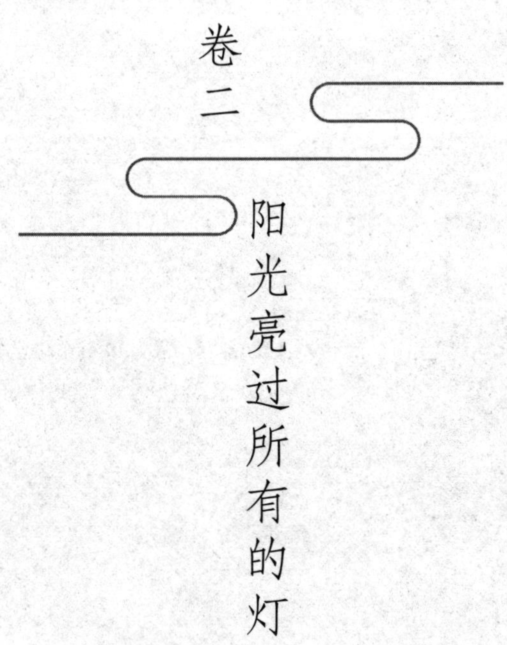

# 卷二 阳光亮过所有的灯

# 逆光里的白洋淀

白洋淀，在秋日的长空下，有些肃穆，有些神秘，有些苍凉。天是浅蓝的，云白白地铺开在蓝色的背景里，仿佛凝滞不动，让人感觉是在油画里；又仿佛闲庭信步，让人的心也悠然飘荡起来。水是墨绿墨绿的，在逆光里，是无边大的一块绿玉，木船朽黑的船帮无声地划开它，让人的心感到疼。那些苇草，密密地，挤挤地站着，看着；芦苇丛中欲言又止的港汊，想告诉你一些历史，或者一段神话，来不及，它自己却神秘地消失了，让人看也看不透，想也想不通。蔓延的绿苇不绝于目，昔日的歌声与枪声依稀入耳。白洋淀，神秘的历史，诗意的开始。

水浅一些的地方，开始有了荷叶。仲秋后，不是看荷花的季节，连莲蓬都被摘走了，残败的荷叶和水草一起开始腐烂，成为有营养的物质，给另一些水里的生物提供生机。芦苇已经渐成衰草，但依然站立，互相借力，手挽着手，秋日的长空云卷云舒，仿佛风烟，成为背景。在五月里，它们的头顶曾经生长出三五片阔阔的芦叶，被摘去包了粽子。能用来包粽子的芦叶，其实不过三五厘米宽，所以需要细细地缠，比阔大的竹叶包的粽子更耐人寻味。

我们的船，共有七艘，木船，有桨和篙。这些船，是渔民用来谋生计的，平时打鱼，旅游旺季就载客观光，他们没有导游词，也不会讲白洋淀的革命历史，他们会的是划船和检查水下网子里的鱼，让你来看。船老大，我们姑且这么称呼他吧，想出的第一个主意是摘荷叶，让你顶在头上遮太阳。荷花密布的水域，水浅得很，埋伏着密密麻麻的网子。船老大在船头的水里插上竹篙，伏下身去拉起一个网筒来，有青蛙，有螃蟹，有拇指大的鱼和透明的虾米，偶尔，会有一条抓也抓不牢的泥鳅。泥鳅像软泥一样滑。许多带壳的水生甲虫，扁扁地爬在那里，鱼目混珠。

船老大良莠不分，将这些爬爬沙沙、蹦蹦跳跳的生物悉数扔进船舱，让你看，让你玩。这样的情景，二十几年前我在村西的小河里司空见惯，而今，小鱼小虾和扁扁的水虫在我们那里灭绝多久已经不能记起，白洋淀的水，依然是它们的王国，它们的乐园。光阴的那一头我是主角，现在成了看客，发出陌生的赞叹。这里没有冰冷的水寒，我恍惚产生了要钻进水底的欲望。我们把所有的鱼虾都放生了，船老大也不生气，或许它们太零碎，他看不到眼里；或许今天他不是渔民，有载客的收入，不必再去计较收获与得失。那些网子，都是他自己的，鱼虾是他网里的鱼虾。

白洋淀，不见孙犁先生笔下月光里编席的妇女，也不见她们身下雪片般翻飞的苇片，也许，不是季节，也许，这一切要逆着时光去水底寻找。然而，船头划开水面，竟然没有声息，没有风，没有雨，听不到风尘的呼吸；没有诗意，只有静寂，还有淡淡的，水草的气息。

竹篙慢溯，桨声耶刈，光影在碧玉中跃动，白洋淀，在逆光里延伸到无限。所有的欢声喧哗，沉入水底，任你凝神，也无寻迹。

# 大风到来之前

起初，村子在大地上就像一泓平凡到随处可见的水洼子，没有风的天气里表面上连个水皱皱也不见，人都像那孑孓和鱼苗在水草间游荡，从外面别想听到有什么声音，更猜不到水里有没有活物在，有多少。

接着天气就变成了春二三月，太阳还没有解开倒春寒的冻，有点亮堂堂的，仍然感受不到一丝温暖的火力。在大风到来之前，村子还是那么安静，不生不灭，迹象全无。

“小鸡儿——乐呵！”一声吆喝，仿佛蒲剧开唱前的叫板，拉开了一切卑微而壮阔的生灵的舞台序幕。一个外面来的汉子，黑筋筋的，挑着一副担子晃悠悠地进了村街。担子两头是两摞笼屉似的笸箩，笸箩上罩着绿莹莹的窗纱。通常，汉子后面会跟着他或肥胖或干瘦的婆娘，包着花头巾，一见巷子口有人闻声出来问询，就紧扭几步赶上男人，头上的包巾已经抹到了脖子上成了围脖，瑟缩在袖筒里的双手也甩将出来，开始指派她的男人做生意。

笸箩刚落地，绿窗纱还没来得及揭开，久违了整整一个冬天的啁啾鸟鸣就喧闹开来，逗引得那些急不可耐的眼睛从窗纱的窟窿眼儿里探看那些滚动的黄色小绒球儿，同时生机在那个瞬间从每个瞳孔里解冻，并逐渐让那些过于沉静的表情活泛起来。

金黄色的小鸡娃娃像一片跳动的绒球，让人眼前一亮，像一个个太阳的孩子，照亮了乡村的初春。阴影里，它们瑟缩在一起，但只要笸箩被推到阳窝地里，它们就活跃起来，不知天高地厚地追逐伙伴，啄食着并不存在的食物。事实上，这样的啄食不过是一种求生的意识和仪式，刚出壳的鸡娃娃喙尖儿上都包裹着一层角质，是啄不到东西的。只有被人买去，主人才会用指甲帮它抠掉角质，让上下两片喙能咬合起来。鸡的一生没事了总喜欢左右偏着脑袋在地上摩擦自己的喙，就是与生俱来的求生本能的延续。

村里人生来把命看得轻，把生死看得淡，人命不金贵，鸡犬一类就更不值钱。买几只鸡娃娃不是什么延续生命的仪式，就是给生活的链条接续些物事。下地回来的，串门路过的，看见卖鸡娃娃，就蹲下来看个热闹，顺手摸摸裤兜里有没有个块儿八毛的，有的话把挂在锄把上的草帽儿反过来，壳里就放得下十来八只的，或者从裤兜里抽出一条皱巴巴脏兮兮的手绢，像在野外拾到几颗山杏野果子一样，先把手绢铺在地上抹平，把鸡娃娃放上去包起来，就那么提着，在手绢里冲撞着，啁啾着，提回家去。更方便的，是像掬着泉水喝一样把双掌并起来，就那么端着几只回去也解决问题。

那卖鸡娃娃的汉子，仿佛数学很精通，也有些训练禽鸟的本领，不用一只一只地抓给你，也不用一双一双地去数，就把笆篱似的大手插进笸箩里去，扒拉着那些活蹦乱跳的小生灵，嘴里数着：“一五,一十,十五,二十。”数百金黄的弹球似的小东西就像被施了定身咒，碰到那粗大的手指的就不能动弹，被扒拉到一边，乖乖地待着，挤在一起喊叫，最后被一双手掌捧起来，像掬着一捧粮食一样放到新主人的草帽壳里、铺在地上的一方脏手绢里，带着惊恐和咏叹的声调开始新的生命历程。

卖小鸡成为一门营生其实勉强得很，那个年代村子里的鸡都是放养的，让母鸡孵鸡是每个农妇都精通的本领，只是母鸡只有抱窝才肯遵循天性干这样的活计，而母鸡什么时候抱窝纯粹靠天性支配，想让它好好下蛋，它偏偏抱窝，每天赖在下蛋的草窝里占着茅坑不拉屎；想补充一群小鸡了，满院子的母鸡就是不抱窝，干着急没办法，这个时候只有盼着卖鸡娃娃的来。粮食金贵，鸡只有放养才勉强吃得饱，鸡蛋舍不得自家吃，要攒够一篮子提到集市上去卖掉，那是一家子的油盐和穿戴的来源。鸡蛋作为重要的经济来源，母鸡的屁眼就很要紧，农妇们有一种本领，一边往地上撒玉米和高粱，一边打量母鸡们的脸色，看见芦花鸡或者小黑鸡的脸红了，冠子也红了，就趁它们不注意一把抱起来，把中指伸进鸡屁眼里面去，探不到东西就骂一声扔地上，探到有蛋就小心翼翼地放脚下，然后嘱咐晒太阳的老人和乱跑的娃娃们盯紧了，别把蛋下到邻居院子里面去。

鸡蛋是如此的金贵，母鸡也跟着比公鸡值钱。刚买回来的鸡娃娃，看不出公母，要捉住两只红色的鸡腿倒提起来，娇弱地垂着头低声叫唤的就是母鸡，那些能把脑袋向后弯曲到尾巴那里的强壮的家伙，几天后就会长出长腿和大冠子来，将来必定是些趾高气扬的公鸡。这些趾高气扬的家伙嘴长嗉子大，半大小子不知道给母鸡献媚，一味地抢吃食，最多养到三个月，就得逮住了，用布条绑住翅膀和双腿，挂在自行车笼头上，带到集市上换钱。满院子的母鸡，只留下一只公鸡来陪伴，一来有公鸡踩蛋母鸡肯下，二来自己孵鸡的时候鸡蛋里面有生命。

院墙外一声吆喝：“小鸡儿——乐呵！”正弯着腰挪动脚步的祖母

就会站定，慢慢地转动脖子，扭过脸去，浑浊的眼珠盯着门口，嘟囔一句:“没几只鸡了，都不好好下蛋，该买些鸡娃娃了。哼，也不知你妈怎么打算的，算了算了，管不了，人家也不让我管。”愤愤地走向厨房，扶着墙把小脚抬上台阶。从我记事起，祖母就是很老的老太太，永远穿着一身黑色的粗布衣裳，系着灰色的围裙，围裙是半连衣的，前襟用一个布纽扣系在脖子底下的扣眼里，倒置的桃心状的围裙前襟上绣着一朵小小的梅花或者是两片绿叶子，当娃娃们问起时，祖母会漫不经心地回答说:“五朵梅嘛。”她的意思不是有五朵梅花，而是梅花有五个花瓣。祖母是小脚，一生足不出户，她的脚太小太尖，下地会戳到土里去。因为不出门，她一生身上从来不装钱，偶尔在地上捡个块儿八毛的，揣不暖和就会给了儿子或者媳妇，问询是不是他们不小心掉的。

像买小鸡这样的经济事件，祖母是不会做主的，家里的事她什么都不做主，但是什么事都会操心，什么节令该干什么，人和畜生该吃该喝，全在她心里装着，就像一个程序复杂的闹钟，到点就会敲响。你不落实，她还会重复地去敲钟，直到把问题解决。很多事情上祖母看不惯我母亲，但她同样操着我母亲的心，天黑了，儿子媳妇下地还没回来，她生好火熬上米汤就会站到门口去等，天像她的衣服一样黑，来往的人根本看不到门口还站着个人，她就那么站着，直到听到巷子口有交谈的声音传来，才嘟囔着转身往回走，埋怨着。我调皮捣蛋，作业写不完，被老师扣在教室里，很晚才能回来。一进巷子口，天黑的根本看不见路，我试探着喊一声:“奶?”祖母就会在大门口答应一声，让我顺着她的声音找回家。我从小就知道，祖母永远站在那里等着我。

我小时候调皮，经常挨揍，老师打，同学打，父母打，在这个世界上只有一个避风港和保护伞，那就是祖母的怀抱，她就像一只黑色的老母鸡，随时张开翅膀把我揽入怀中，同时瞪起眼睛，扬起铁一般的喙来准备为我而战斗。祖母是个性格刚强却与人为善的人，只有当我受了委屈时她才会不那么尊重老师，找到老师家中去评理；我被赖小子们截住打，她就像超人和蜘蛛侠一样及时出现，拍打着黑色的翅膀飞来解救我；我偷了父亲的钱买零食，父亲虚张声势地要揍死我，祖母把我揽在她黑色的巨翅后面，一头撞到父亲的怀里去要跟他拼命。三十多年来，她是这个世界上最爱我的人，她活着的时候，我在这个世界上对于一个人来说最重要，她死后，我就不是对于某个人来说世界上最重要的那个人了，我从此不再是谁的最爱。

同样作为生灵，有些被赋予延续生命的责任，而有些则注定要被剥夺繁殖的权利。春天的大风到来之前，和挑着笸箩卖鸡娃娃的汉子前后脚来到村子里的，还有骑着辆叮咣乱响的破旧自行车、车笼头上系着条被油腻到发黑的红布条的驼背老汉，拉扯着嗓子路过每家门口都吆喝一声："有劁猪的吗？——"他谋生的手艺就是用一柄磨得飞快的镰刀头和一根被砸扁后磨出刃的钢丝剥夺公猪们传宗接代的权利。猪崽们从集市上抓（买）回来，要趁小把伢猪的睾丸劁掉，这样它们就不会在成长过程中想入非非，变成除了吃就是睡的主儿，长膘快出槽早，可以早点换钱给娃家交学费。那是一种相当残酷的手术，劁猪匠半跪着，把伢猪的头压在膝盖底下，打开脏兮兮的军用帆布挎包，拿出几样简陋的家什来，先把藏着睾丸的后腰部位的猪毛剃光，也不注射任何的麻醉药品，下镰刀头就豁开个口子，插进两根手指去把睾丸抠出来，再用钢丝砸成的刀片剥开上面包的薄膜，两颗蚕豆状的猪睾丸就被挤出来。问一声主家要不要？不要就挤地上，掉到尘埃里，被浮土包裹起来；要的话就挤在递过来的小碗里，青青白白，稍微用凉水洗一洗，放锅里煮熟了，味道跟多年后流行吃的鹅肝差不多，但大人多半不愿意吃，都当零食让小孩吃了，我至今还记得那种香喷喷软绵绵的口感。

劁出睾丸来，拿着粗针大线把创口缝上几道，就地抓一把浮土抹伤口上，膝盖一松猪崽就跳起来跑掉了，该吃吃该喝喝，跟没事一样。只是从此就安分下来了，也不会跳墙了，也不会咬架了，除了吃和睡，再没有别的思想。

# 糖水梨

院子里的树上挂满了梨子，孩子们在树下跑来跑去，谁也没有心思去摘。梨子渐渐生了虫子，长满紫色的斑，开始发黑，一个跟着一个掉了下来，被来串门的猪吃掉。猪也不吃的，最后风化为一个干壳，风一吹，跟枯叶一起满地跑，哗啦哗啦地响。

姑姑来看奶奶，礼物里有一瓶糖水梨，点亮了孩子们的眼。那些梨，泡在瓶子里，没有核，也没有皮，绿莹莹像一块块西瓜皮。闹着要吃，奶奶叫爸爸拿去用改锥撬开，妈妈呵斥道：没个样子，一院子的梨都烂了，非要吃花钱买的梨，不能吃！

孩子们争辩：这不是梨，是罐头。

奶奶说：这就是梨，打开一人吃一块。

打开了，一人吃了一块，妈妈没吃，很不屑的样子。

孩子们吃得快，吃完了眼瞅着奶奶。奶奶没牙了，手里那一块才吃了一小口，就拿勺子切开，每人又分了一小块。奶奶把瓶子递给妈妈说：你没吃，你把糖水都喝了吧。妈妈说：我不稀罕。走开了。

孩子们都抢着要喝，奶奶说：我先尝一点。奶奶把瓶子高高举起来，双手捧着喝，眼睁睁全喝光了。孩子们没了希望，大哭起来，跑到外面找妈妈告状。

姑姑走后，妈妈自言自语：一个糖水有什么好喝的，老不像老小不像小！奶奶盘腿坐在炕上，面容有点羞涩。孩子们还在哭，妈妈就火冒三丈：嚎什么丧，都不死！

晚上，小孩子们跟爸妈去睡了，大点的长孙子跟奶奶一起睡。长孙子还记着那半瓶糖水，责怪奶奶：你怎么全喝了？奶奶在黑暗中摇着蒲扇说，我闻见味道怪，喝了一口，就是馊了，怕你们娃娃家喝了肚子坏，就全喝了。长孙子不信：那你肚子不坏？奶奶说：我老了，不怕。

长孙子困了，不再犟嘴，睡了。迷迷瞪瞪一夜，仿佛看见奶奶披衣下炕出去了一趟，一会儿回来了，刚躺下，又出去了。天快亮时，爸爸在那边屋里喊道：妈——你跑肚子呀？！奶奶心平气和地说：不咋，睡你的吧。

后来，长孙子回忆那瓶糖水梨的味道，觉得甜是甜得很，还有股子很浓的铁锈的味道，不知道是瓶盖锈出的味道，还是岁月的尘腥。

# 对乡村的两种怀念

## 大牲口

城市的街头，偶有一队拉着炭车的骡子敲打过午夜，总令我如陷梦境。

——题记

大牲口不唯指体形而言，更要说体态，仿佛相人。在与牲口同食同住同样劳累的过去的农民眼里，大牲口的定义是挑剔的：马是当然的大牲口，骡子也是，而同样体形庞大的牛和驴子就不配这个称呼。骡子除了耳朵比马大一些，体形体态均与马相差无几，好样的骡子比马还要高大剽悍，是当然的大牲口；而牛则过于呆笨和臃肿，还有两只恶狠狠的犄角，鼻孔里穿根棍子，蹄子也是裂开的，基本上算是破了相，顶多算羊的变种，毫无可审美之处，与大牲口的优雅相去甚远。驴子虽然有时在人的恶作剧里做一次马的丈夫或妻子，是哪一匹骡子的父亲或者母亲，但长相滑稽寒碜，尤其鸣叫不堪入耳，或有高大者也不过高脚的小丑，难入大牲口之流。据作家王小波的朋友刘晓阳说，草原上不能有驴子，因为马群见了驴子如同人见了鬼，大惊之下争相逃命，而驴子则视马为表亲，紧追不舍，结果就会把马的肺都跑得“炸”掉。看来，在拥有自由权利的马那里驴不但不可以是配偶，简直是可怕的异类。但在晋南的黄土高坡上就不是这样，除了长犄角的家伙，拉车一族基本上是可以通婚的。在这里，劳累程度不下于牲口的过去的农民，基本上是丧失了审美观念的，他们或许能够感受到优雅，但他们对一切赞美的表达只浓缩为一个干脆的字眼：好！在我的感觉里，他们对大牲口的定义是比体态更深层次上的“灵性”，他们相信一切马通人性的传说，而对牛的麻木和驴的奸滑的成见根深蒂固。我曾想，农民们像牛一样呆滞麻木的外表下，其实包藏着一颗柔软和挑剔的心。他们对牛的瞧不起很大程度上由于它们映射着他们的生存方式，而对驴的近乎鄙夷的不屑，则说明农民对好逸恶劳的深恶痛绝。但似乎也没有这么严重，驴的偶尔使脾气只是令农民们哭笑不得，他们抽打它，火冒三丈地喝骂它，最后干脆也坐在一旁跟它怄气，但车最终还是要拉走的；牛也不是绝对麻木的，偶尔在紧要关头也会像驴赖在地上不起来，农民们就编了“老牛上坡，屎尿怪多”的顺口溜来嘲笑它。与驴子不同的是，牛的耍赖是在努力之后才放弃，而驴干脆见困难就卧倒了。

无论如何，牛和驴的这些特点使它们无缘大牲口的称呼，也不仅仅是称呼，还有更实际的——称呼不同待遇就不同，牛和驴子吃的是草，而大牲口吃的是拌着豆类的草料，所谓“马不吃夜草不肥”，大牲口半夜里还要吃一顿夜宵，而主人三更半夜披衣起床拌料也毫无怨言——事实上，牛和驴子干的活计并不比大牲口少。农民极少单独称呼马或骡子，他们把它们统称为大牲口，对着它们说话、打手势，生了气也像打自己的儿子一样打它们，但对它们还是相当敬重的，下雨天耕作时总不忘把自家的炕单给它们当雨披，我想这种敬重情结不仅仅来自于传说，马的确是很娇贵的动物，但它们从不娇宠自己，它们卖力地拉车、卖力地耕地，有时候竟会因劳累筋疲力尽而死。这种足以使作为合作伙伴的农民们肃然起敬。听惯了古战场上义马救主、驿马奔跑而死的农民们，看见自己的马竟然也会为耕地大汗淋漓，怎能不心生感激？二十年前，晋南农村所有的牲口棚都叫马房，其他牲口的名字则被以一代之，忽略不计——只有马才拥有与人对等的“户口本”。

我见过的大牲口最威风的时候，是八匹高头大马拉着轮船似的胶皮轮大车从村中大道上隆隆而过，车把式的长鞭在半空中荡漾。驾辕的其实常常是一匹大青骡，气宇轩昂，状如天神。那个时候，马也是集体生活集体劳动，从未见过它们垂头丧气的时候，劳作时精神抖擞、热气腾腾，吃料时神情安闲、细嚼慢咽。农民们常常忍不住伸出手去抚摸它们潮湿光滑的头颈。我家曾有过一匹从部队退役下来的老骡子，它大概以前从未拉过车，往地里送粪时，每到路拐弯的地方，总是先站住转过方向，才继续往前拉，因此把前胛蹭破又生了老茧。但它始终温和如老人，我曾经出神地盯着它硕大的脑袋和俊俏黑亮的大眼睛看，心中充满了敬畏。而当尚不及它的肚皮高的我伸出一枝绿叶去，它又亲切地垂下头来叼住它，宽大的唇温柔地衔住，用整齐的大板牙噌噌地嚼。它感激地看着我，神色平静，我伸出手去，它就凑近来让我抚摸，送我一个又大又长的脑袋抱个满怀，带着浓浓的大牲口的汗息。

我们的伙伴中有一位的父亲是配种能手，因此我见过并无法讳言大牲口交配时的触目惊心。我们常常偷偷地趴在马房的墙头，看他双手端着大种马那湿淋淋的硕大物件准确地传送，他那个时候更像一个出色的修理工，对机器的零件和性能了如指掌，把握得游刃有余。对我们来说，假如看到的是马配马、驴配驴都见怪不怪，假如是马跟驴交配，则会生出莫名的感慨，忍不住大叫起来：骡子骡子！马跟驴配的结果的确要生骡子，这种性别不明的家伙常常被人用来互相辱骂。但假如忘记配种场，我们对高大的骡子同样还是敬重的。补充一点：我们那里把种马叫“儿马”，把种驴叫“吊驴”，而骡子的确是“阴阳同体”的怪物。

大牲口指的是耕地拉车的马和骡子，我不知道老骥伏枥志在千里对它们是否适用。二十年前的长辈们对不拉车的马和骡子直呼其名，十分生分。

常有小马驹跟上大牲口远途拉炭，不幸被公路上的汽车把蹄子压折了，就被用石膏包扎起来，每天三只脚站在木桩前沉默。它每顿喝上好的米汤，但如果骨头恢复得不好，最终是要被送去屠宰场的——出世不久的它，一旦丧失劳动能力，便注定要丧失生存的权利。那个时候，卡车已经多了起来，胶轮大车渐渐被闲置，大牲口也被分配到各家各户的名下，就是周立波小说《暴风骤雨》里描述的，虽然还在一座马房里养着，但已经属于私人财产了。后来，马房渐渐空寂，喜爱大牲口的拉回家去自己养了；喜欢农机的，就把大牲口转手，或者干脆送去屠宰场。大牲口渐渐被手扶拖拉机替代。许多年后，农村的牲口依然很多，但都是曾被瞧不起的牛和驴子，而大牲口几近绝迹——它们过于娇贵，动不动就掉膘，已经没人有心情和工夫费心照料它们了。我常常想，或许有一天，大牲口也会成为珍稀动物吧。

现在，我在回忆中越来越逼近乡村，然而我知道它们离我越来越远了，曾经是它们的王国的乡村，而今，它们已经绝迹。

## 大土炕

铺被子。二十年前，睡的是大土炕。我们兄妹仨跟奶奶挤到一个炕上睡，冬天，为了省一炉子火，爸爸妈妈也跟我们挤在一块儿。

那年头，经常停电，正吃晚饭，忽然一下全黑了；半夜睡得正香，眼皮子突然烤得发红，电灯又亮了，照得人睁不开眼睛。所以晚饭后铺被子，经常点油灯。早就发黄的粉墙上人影巨大，摇晃着，像魔鬼。妈妈铺被子了，厚厚的被子提起一头来，遮暗了半壁墙，“呼嗵”一声铺下去，灯苗子忽闪忽闪，很快又站正了。我们蹿上去，争着压被窝，被窝白天刚晒过，飞出香甜的尘土来，那是太阳的好味道。奶奶铺被子了，被子一头压枕头上，驼着背膝行到窗根下，把另一头折回一点来，为了脚暖和。

我们在被子上滚来滚去，柔软的棉花下，是厚实坚硬的土炕，好不舒坦，好不踏实。妈妈说，压着被子别动，要不压不暖和。我们就不动了，弓着身子笑，像三条快乐的虫子。妈妈凑到油灯下去纳鞋底，等着去大队部开会的爸爸回来。弟弟开始哼哼了，想哭。妈妈问怎么了，不听话，困了就睡吧。弟弟说屁股眼痒痒，拿手指头去抠。妈妈说肯定是肚子长蛔虫了，就拿火柴棍缠了一缕棉花，蘸了香油，叫弟弟撅起屁股凑到油灯下，把香油火柴棍伸到屁眼里去钓蛔虫。钓来钓去，没钓出来，弟弟嘻嘻地笑，我们也嘻嘻地笑。后来弟弟说不痒痒了，要睡，妈妈就让他趴到被子上先睡一会儿，别让火柴棍儿掉到屁眼里去。没有人说话了，我瞅着炉子里的火出神，胡思乱想一些神神鬼鬼的事。妹妹早就睡着了。

半夜里要尿尿，伸出手去觉得有点冷，才发现已经光光地钻进自个儿的被窝里了。炉子里的火照得屋子红通通的，一家老小的鼻息此起彼伏。远处有狗在闷声叫，模模糊糊，邻家屋檐下的鸽子咕咕地在窝里乱动。懒得再喊奶奶取尿盆了，趴在枕头上又睡了过去。

后来家里盖了新房子，大土炕不时兴了，个人睡个人的床，得站在地下铺被子，早忘了在土炕上跟被子摔跤的滋味。刚参加工作时，离家在外，租别人的房子住，床也是人家的，偶有一次坐在床上铺被子，倏忽间时光倒转二十年，冷寂已久的心被回忆化成了水，含着泪坐在那里，想起刚刚盖新房时，奶奶还在抱怨着：怎么不盘座炕呢？唉，叫人睡不踏实。

黄油布。桌面大小的一块黄油布，方方正正地铺在炕中间，穿开裆裤的弟弟妹妹在油布上爬来爬去，像两只蛤蟆在水洼里游泳。黄油布有点神奇，色调和质地都像百货商店里卖的果丹皮，光胳膊光腿刚沾上有点凉，转眼就暖和了。弟弟妹妹尿来尿去，拿块布一擦就没了尿渍。家里吃饭，各有各的位置，妈妈在灶前，就坐在柴火槽上，围裙还系在腰里，为了方便饭后洗涮；爸爸拉把椅子趴在灶台上吃，奶奶就率领着我们兄妹仨坐在黄油布上吃。我们把咸菜和蒸白萝卜条掉到了油布上，奶奶就捡起来吃了，也不在乎小家伙们天天在上面尿尿。黄油布，是我们童年的水洼和饭桌。

逢年过节，奶奶生日，亲戚们来了一群，黄油布就遭了罪。大家围坐在炕上吃饭，炕中间铺着黄油布，上面搁着比它小一圈的饭桌，桌脚把黄油布踩出四个凹坑来。后来我看到城里人把油布铺到桌子上面，感到奇怪，仔细一推敲，也不能把油布铺在桌子腿下，他们的桌子底下是地板，不是大土炕。

没必要保护炕单的时候，黄油布也会到院子里转一转。夏天的午后，奶奶把黄油布铺到院子里，把弟弟妹妹放到上头，叫我看着，她背了个布袋去大队菜园领大葱和黄瓜。院子里有八棵苹果树，树下长满了苔藓，屋子前面的这一块儿地凉爽而干燥，我们躺在那里看天，看云，看鸟，看蚊蝻乱舞。黄油布传递着大地的坚实和温和，我们滚来滚去，很舒服很快乐，累了，躺一躺，原来大地是个大土炕。

讲故事。爸爸是个矮个子，往土炕上一躺，就成了个大个子，头靠在被子垛上，脚跟伸到炕沿外。这个姿势，对我最具吸引力，那说明他要开始讲故事了。爸爸有一肚子的故事，啥时候讲倒一倒就是，讲起来还有点神叨叨的。但也有例外，有一次爸爸指手画脚地给我讲“草船借箭”，诸葛亮刚叫开船，有人来找爸爸了，他们抽了一会儿烟，说着话。来人走后，我叫爸爸接着讲，他习惯地问：讲到哪里了？我赶紧说要开船了。爸爸皱着眉思考着说，船开了说什么呢？我说讲诸葛亮在船里干什么呢。爸爸哈哈一笑说，在船里跟干部们开会呢，没啥讲头。他对妈妈说：我也开会去呀。下炕去了大队部。我觉得有理，就自己去睡了。

秋后的玉米棒子晾干后，用平底大箩装得冒了尖，抬到土炕上去，一家人围着脱粒。爸爸力气大，用一根铁刺把玉米棒子刺出一道道沟来，刺一道，像理发的推子在脑袋上削一道头发。奶奶和妈妈用手握着刺过的棒子，把籽粒全部拧下来，我们兄妹仨也插手帮忙。这个时候爸爸喜欢讲长篇侦破故事，弯弯绕绕，引人入迷。因为爸爸的故事讲得好，大伙儿干活儿都不觉得累，效率还挺高，一会儿一大箩，金黄晶莹的玉米粒溅得土炕上到处都是。

我上初中后，才发现爸爸是个文学青年，偷偷地写小说，他的柜子里有一捆捆的退稿。爸爸讲的故事，有的是从书上看的，有的是他自己编的。

听广播。土炕上除了我们经常尿尿，每天还要专门给墙根倒碗水。那里插着一根铁丝，铁丝连着窗户框上挂的广播。广播与后来的收音机不同，需要有一根铁丝做地线，播放效果不好，播音员嗓子里像有了痰，只要给地线上浇上一碗水，播音员的嗓子马上就下了火，声音变清晰了。

我和爸爸妈妈都爱听广播里的评书和长篇小说连播。奶奶听不懂，每天中午十二点半，她做饭，其他人听广播。总觉得评书太短，还没听几句就且听下回分解了。不过爸爸还是很满足，从集市上买回一个外面有漂亮的木壳裱着花纹布的新广播，但我觉得效果不如旧广播好，说评书的人像感冒了。

那时的广播其实就是个扬声器，把现在的收音机、录音机里的扬声器拿出来，放大几圈，就是广播了。它的节目来自镇上的总机，属于最早期的有线广播。后来就有了那种带木壳的，还有一个跟电灯上一样的开关，不想听了，拉拉绳子就没声了。不过开关很少用，因为广播总是中午才开播，下午就没节目了。

评书之后是“每周一歌”，一个星期播七遍同一首歌。每周一歌时间我们吃午饭。坐在土炕的黄油布上，正午的阳光从窗户纸中间那一小方玻璃射进来，能看见有细尘在飞舞。妹妹只吃奶，妈妈就喂我和弟弟吃饭，萝卜炒面条，我们吃白面，大人吃玉米面。吃两口，站起来跑一圈，夏天土炕上就是一张篾席，上面铺着炕单，赤脚踩在上面，又滑又坚实。在土炕上跑，是永远找不回来的结实的乡愁了。

# 属于“晋南虎”

晋南虎，当然，没有这个亚种，不过暗指属虎的晋南人罢了。然而，在那远古洪荒时期，晋南腹地平阳，正是帝尧陶唐氏建都的国中之国。其时，北依霍岳，西傍汾水，珍禽异兽咸集，难说没有老虎。据传说记载，彼时晋南竟然是有象的，说的是虞舜少时被父亲和后母、弟弟陷害，不得已离家到历山耕种，他以德报怨，尽心竭力侍奉双亲，孝心感动天地，于是乎大象来帮他耕田，百鸟翔集帮他播种。不但有象，被誉为霍泰山的霍麓之巅，据《洪洞县志》载，盛产白皮松、五色花、双头蛇、万年灯，有个把老虎，也不是什么新鲜事情。我小时候，尝听老人讲：老虎是山神，活到五百岁上，浑身的毛就会变白，成为“白虎”或者“雪虎”，再活五百年，到一千岁的时候，就化作一道白光遁入地下，变成“虎魄”，也就是珍贵的“琥珀”了。因为有“虎魄”在地下，晋南这块厚土自古人杰地灵，帝王将相才子佳人层出不穷，属虎的人又多为翘楚。

晋南农村风俗，娃娃落草，起名多用属相，尤其爱用大属相，属龙的叫“金龙”、“玉龙”、“云龙”、“海龙”，属虎的则多用一个单字虎，“赵虎”、“李虎”，有趣的是我们村有家姓白的，哥哥叫“白虎”，弟弟叫“白小虎”，我小时候经常偷偷观察白虎，觉得他虎背熊腰，眉棱突出，地阁阔大，怎么看都像一只直立行走的大老虎。这家人，属于我的长篇小说《母系氏家》里，南无村“不同的年代收留的零落的几家外姓人”，不知他们来自哪里，但入乡随俗了。我自己也属于按属相取名字的，此事说来话长，我们这个家族的长孙是我的堂兄，他出生时村西驻有军队，于是他被命名为“军军”，他同年出生的还有“军锋”、“军海”。我出生的1974年是个虎年，母亲很随意地跟着我堂兄“军军”给我起了个名字叫“军虎”。这个名字一直用到小学毕业，上了初中我突然出落得像个女孩子一样清秀，老师们大概觉得有点俊俏，常常把我的名字写作“俊虎”，造成考试分数登记的名字和学籍卡上的名字不一致，很是麻烦。我自己也觉得“军虎”和“俊虎”都不通，便自行改为“峻虎”，山中的老虎才有气势嘛。不想，又常被误写为“竣虎”，岂不是咒我玩完！

比及考到省城求学的那个暑假，突然得到一本古书，很开天眼，说的是远古有异兽麒麟和六骏，六骏者简称“骏”，它可不是马，是一种凶猛的神兽，专门以虎豹为食，其他什么也不吃，老虎见了它就变成了小猫，乖乖地跟在屁股后面等着人家什么时候饿了当点心。而且这“骏”颇为诡诈，不但要吃老虎，还要找到吃它的正当理由。骏卧在大树下，吩咐老虎去叼个活人来孝敬它，吃了人就不吃虎了。老虎赶紧下山去叼了个人来。回来不见了骏，老虎想去找骏，又怕人被别的猛兽叼了去，就在大树下刨了个坑，把人埋进去，用浮土枯叶盖上，这才离去。不想骏就在树上藏着，老虎走了，它跳下来把人放跑，再把浮土枯叶盖上，三蹿两跳奔到老虎前头去等着。老虎见到骏，赶紧献殷勤，领着它回到大树下。刨开坑一看，人不见了，老虎就吓瘫了，骏大怒：“你竟敢骗我，那就别怪我不客气了！”

骏者，老虎的天敌和克星也。

翻书至此，只觉灵犀之中有微风轻拂：我姓李，“李”通“离”，也就是离开的意思，“李骏虎”即通“离骏虎”——离开“骏”的“虎”——离开天敌和克星的老虎，当然奔腾跳跃吉祥如意了。于是，先把笔名用作“李骏虎”，参加工作后索性跑到派出所，把本名也改成“李骏虎”了。这么些年，发现叫“军虎”、“俊虎”的也有那么几位，但与我重名叫“骏虎”的，只有一位，但这位仁兄不姓李，他姓祁。我和这位大我一轮的仁兄有过一面之缘，总是想起那个“骑虎难下”的成语来，很想把那本古书上的事讲给他听听，建议他改改那个“骏”字，又觉得不是太熟，未免唐突，但是至今记挂着这件事。

因为属虎的都爱叫个什么虎，还有一些笑谈，有些笑谈还很雅。再说孩提时，我小脚的奶奶抱上我去巷子口闲坐，后巷的阿成妈有个比我小两个月的孙子，尚没有起名字，问我奶奶：“你家这个娃叫什么名呢？”我奶奶答：“叫个‘军虎’。”阿成妈说：“属虎的叫虎好啊！你家娃叫‘军虎’，我家孙子就叫‘兵虎’吧。”我那位“年兄”就跟着我这个“军”当“兵”了。再后来我弟弟出生了，他属马，但不好叫个“马虎”，更不能叫个“军马”——驻军有个军马所紧邻着我们的村庄。因为是我这个“军虎”的弟弟，就被大家叫成了“小虎”，在北京工作多年，如今都快当爹了，也还是叫个李晓虎。后来他也写小说，笔名叫“李骁虎”,2002年在《当代》发表长篇小说《有人跟踪你》，选刊选目的时候，统统把作者写成了他亲哥“李骏虎”，一气之下，改了个笔名叫“马顿”，也从了属相了。我猜，牛顿莫非是属牛的？

不久我的同年兵虎有了个妹妹，他奶奶赶紧让叫了“虎女”，怕这样好起的名字将来被我妹妹抢了。虎女两岁的时候，我妹妹出生了，我母亲压根没想过让一个姑娘家叫什么“虎女”，她早盘算好了，让我妹妹跟着我表姐艳芳叫了“艳丽”。虎女奶奶对我妹妹这个名字颇有微词，她对我奶奶说：“不连，不连。”我奶奶豁达地说：“连不连吧，人家想让叫啥叫啥。”就是这样了，无论兵虎的妹妹天生丽质还是臃肿粗笨，在村子里，一辈子就是个“虎女”了。我长大后，为之惋惜不已，纵然吕布在拒婚袁术时有过名言“虎女安肯嫁犬子”，他的女儿也没直接叫个“虎女”。都是她哥属虎惹的祸，而她哥叫个“兵虎”，又是被我这“军虎”带坏的——屈指算来，那竟然是三十六年前那个虎年的故事了。

后来读老舍先生的《骆驼祥子》，很多年里，我老是觉得里面的那个“虎妞”，一定跟我们后巷兵虎的妹妹“虎女”是同一个人。

# 我是农民中的“逃兵”

长久以来，有一个秘密潜藏在我的灵魂深处，在我最感到事业上得意和生活安逸的时候，它就会跳出来，与我对视。每一次的对视，都会令我自省一番，失神许久。随着年岁的增长，它越来越频繁地跳出来，且目光越来越深邃，渐渐地，使我产生了一种愧疚和感叹。

其实，这并非我独有的秘密，它是所有背负着“鲤鱼跳龙门”后的农家子弟共有的心灵隐私。不同的是，当别人始终能够心安理得地享受命运改变后的狂喜，一生都陶醉在这种窃喜当中，并越来越贪恋衣锦还乡时的那份荣耀时，我却经常会陷入失落和不安的情绪中。

我不是要做忏悔，命运安排我在一个地方出生，途中又离开那里，对于我来说，没有任何罪过可言。我只是想坦诚地告诉别人和我自己：我当初拼了命地要考入城市、离开生养了我十几年的农村，并不是出于要成为国家栋梁、要为四化建设添砖加瓦的伟大理想，我只是无法忍受劳动的繁重和精神的绝望，想摆脱那种苦难，去寻找一个新的天地。我体验过劳动的快乐，也曾安享农闲的诗意和歇晌时的静谧。劳动是光荣的，但对于农民自己而言，它是一种与生俱来的能力，更是一种本分，没有光荣的意义可言；它的光荣之处，在于养活了不曾种地和不再种地的人们。给劳动下完光荣定义的人们，心安理得地享受着劳动的果实。而我却不能心安理得，因为我曾是个农民，我清楚粮食不仅仅是种出来的，它们一颗颗，都由汗与血凝结而成。

正是这汗与血，让我自省、失神、愧疚、感叹、失落和不安。

“一望无垠的田野上，金黄的麦子一浪高过一浪……”这诗意而壮美的景象，我刚上小学时就会朗读和背诵。丰收在望的麦田，的确是壮观的，但当我成为一个农民以后，守望麦田的情景和课本里的描写却无法重合。开镰之前，望着金灿灿的麦田一直流泻到天边，的确让人激动。当你弯下腰来，从一位观赏者转化为劳动者，一切就此不同：第一个反应是自己变成了一大块正在消融的冰，在三伏天的骄阳炙烤下，全身上下都在淌水。捉摸不定的夏风偶尔会光顾你，让你在酷热和突至的凉爽的剧烈反差中打一个激灵，毫不夸张地说，在三伏天感到了寒冷。当夏风吹息身上的汗，它留下了一件与烈日合谋制作的薄膜，用来包裹你的全身。到后来，汗已不再出，但它形成的那层黏膜却越来越厚，并且渐渐发烫，只有汗腺发达的手心是冰凉的。用冰凉的手心去摸自己的后背，感觉像摸到了一块烧红的铁板。汗液形成的那层黏膜，在麦季刚开始的时候是看不见的，当大地上的金黄渐次褪却，人身上的黝黑渐次漫延，它会渐渐跟你的血肉渗透并生长在一起，在黑皮肤上形成淡淡的银色，角度适当的时候能够看得很清楚，像银粉，又像月光。这是农民特有的肤色。汗不再出的时候，手上就被镰把打出水泡，圆滚滚，很丰盈的样子。水泡并不疼，自己蔫下去就是茧子，但不小心弄破了就惨了，钻心的疼，根本握不住镰刀。手掌握不紧镰把，最容易打起水泡，于是水泡此起彼伏，令人苦不堪言。打水泡的同时，腰开始酸痛，弯下去直不起来，直起来弯不下去，最后腰背干脆失去了知觉，感觉脖子下面就是腿，腰背那一截是空的。我父亲告诫我：握紧镰把，弯下腰一气割到地头，千万不要直起身来朝前看。可惜我总是忍不住要直起身来望望离地头还有多少距离。望一次失望一次，信心就矮下去一截：怎么割了这半天，离地头还有二里远？每望一次，身上的痛苦就增加一倍，太阳又毒辣了一倍。在某一个时刻，我完全绝望了，倒在自己割下的麦子上，感到了一种走投无路的空虚。我想睡上一觉，却无法闭上眼睛，小鸟在白云下飞快地掠过，蓝天在白云后面那么明净，而我却比死人多口气。第一次，我在极度的疲惫之下，开始思索人究竟应该怎么活着的问题，同时感到了大于身体上的劳苦的精神痛苦。这时候，我的父母已经割到地头折回来了，他们割麦子的动作协调步调迅捷，像是两部精良的机器。我躺在那里，惊奇地目送我的父母并肩从我身边弯着腰刷刷地割过去，感到了一种伟大和悲酸。在北方农村，像我父母这样对极度的劳动习以为常的农民太多了，他们在超越身体痛苦的同时，达到了精神上的平和，一种带有宿命色彩的达观情绪。我曾经以为农民是麻木的，后来知道不完全是这样的，他们是认命的，本分的。假如你问起一位农民：你是干什么的？他会回答你："受苦的。"我们那里的农民都这样回答类似的提问。这回答里没有任何抱怨和不平的情绪，它只是一个普通的回答，告诉你："我是个种地的农民。"有限的文化，不足以使他们反思命运、审视人生。而像我这样不能安分守己受苦的人，多是由于脑子里所学到的文化知识作怪——学识使我的思想活跃，对生活方式产生质问，并最终背离了祖辈的人生观。我坦承：我是农民中的一名"逃兵"。

或者我不具备一个合格农民的禀赋，夏收是农民最重大的课题，而我却不能承受它带来的压力。我第一次真正做一名夏收劳力就付出了血的代价。我十一岁那年，麦子长势喜人，穗大粒圆，丰收在望。但天气预报却带来连阴雨将至的坏消息。对丰收的渴望和对灾难的惧怕令农民们惶惶不可终日。我父母终日守在麦地里，看着麦子一点点变黄。他们与邻地的农民聚在一起忧心忡忡地看天，一次又一次拽下一颗麦穗来用手掌搓开，吹去麦壳，观察麦粒的成色，每个人都捻一颗麦粒扔进嘴里，用槽牙去咬，却总也听不到那象征成熟的清脆的破裂声。而天边已是黑云压压了。终于，他们决定提前开镰——歉收总比麦子全烂在地里好。就在这虎口夺食的抢收关头，我接过了父亲递过来的一把镰刀，第一次成为一名真正意义上的农民。我努力地按照父亲教的动作要领去做：左臂揽麦秆，右手拉镰刀。可能是那种紧张的氛围令我心神不宁，也可能是尚青的麦根韧性太大，我怎么也拉不动镰刀。一着急，拼了命去拉，镰刀却滑开了，锋利的刀刃轻轻划过我的大脚趾，我只觉得那里微微有点疼，低头去看，大脚趾的指肚像蛤蟆叫一样张开了大嘴，白肉外翻，血还没来得及流出来。恐惧令我号啕大哭。很久，父母才忧心忡忡地跑过来问怎么回事。看到我的血把凉鞋都弄湿了，脚下的土地变成了黑色，母亲说："你就不看这是什么时候？！"父亲说："指望不上你，回去吧。"我满腹委屈，弄不明白父母怎么突然把我不当回事了，只好自己用一只脚跳着逃回了家中。后来，那年的麦子还是被连阴雨泡在了地里，麦芽长得像豆芽一样又粗又长，我们吃了整整一年粘牙的面。回想那时候因脚伤逃避了夏收的恐怖和劳苦，我当时是深为自己的侥幸窃喜的。但我不曾想到，我终究要成为一个真正的农民，到那个时候，一切都将无法逃避。

夏收中重要的另一项是打麦，这活儿在累之外又加了一个脏。麦子运到打麦场上后，农民就成了矿工。麦子上的粉尘将每个人露在外面的皮肤都罩上一层厚厚的黑垢，除了一口白牙，五官根本无从分辨。我成为一名壮劳力后，负责把脱粒机吐出来的麦秸扔到垛顶的工作。一把三齿叉，连续几个昼夜地挥动，劳累倒算不上什么，困倦使人也只会重复那一个机械动作了。那时候就是盼着脱粒机出故障，在机器停转的一瞬间，我就坠入了沉沉的梦乡。倒在潮热的麦秸堆里，感到了天堂般的舒服。机器重新响起的那一刻，又能够马上跳起来接着劳动。人的脑子，在这样的时刻，根本不会思考，完全凭借生物的机械本能工作。每年夏收来临时，我都会有大难临头的感觉，看到父母兴奋而平静地为抢收做准备，我迷惘又震惊，我一遍遍地思考一个问题：是我不正常，还是父母不正常？最后，我决定逃出去，逃到没有夏收的地方，没有汗与血的地方。如果让我一生承受身体的劳苦和精神的绝望，我宁愿选择死亡，否则，恐怕会疯掉。我决定逃走，而当时所能看到的唯一一条可供逃跑的路就是：考到城里去。

但我依然无法摆脱汗与血的浇灌。我们兄妹三人，每有一个考到城市里去，父母都要粜几千斤麦子来为我们凑学费——正是无边的劳苦和无尽的血汗造就了我们这些叛逆者。而与我们同龄的伙伴们，大多数都陷入了另一个新的汗与血的轮回。住在精神病疗养院的诗人食指批评写“伤痕文学”的知青作家们说：你们这些生长在城市里的人，去农村待几年就叫苦连天，觉得受到了天大的伤害；可农民世世代代都在地里劳动，他们又向谁叫苦了？我钦敬食指的冷静和清醒，但他却没能告诉我：假如农民拥有插队知青一半的学识和思想，他们是否还能心安理得地平和对待世代在土地上受苦的现实？他们是否会产生对命运和人生深深的思索，从而觉得很受伤？我觉得会的，我父亲因为爱好文学而获得精神追求，最终把三个子女送入了大学，这不能不说是出于一种反省。从这个意义上说，知青作家们的叫苦是一种精神呼救。这么些年来，我一直在思索我从农村逃出来的对与错。我有近十年不从事体力劳动了，平时连出身汗都难得，手上的茧子早已褪去，黝黑的肤色也变得白皙，由一个农民真正蜕变成了一个脑力劳动者，从事着精神上的创造。这一切，都源于从农村的出逃。我想，这条路我可能是走对了吧，但随着时间的推移，有什么东西却越来越令我不安。

# 老鼠旅馆

从海口到三亚的“高铁”国际旅游线路，2012年的12月30日才开通运营，耗资二百零二个亿，从起点到终点只需要一百一十分钟左右，正像朱自清形容春天那样，“像刚出生的娃娃，从头到脚都是新的”。因为是新的，车站的管理、服务和配套交通设施几乎都还没有个谱，排队买票的窗口分类不明确，买票的长龙，那个乱，比普通火车站的春运有过之而无不及。海口东站有的售票员很没有耐心，旅客说话稍微慢半拍，她就蹬鼻子上脸呵斥你，比三十年前国营百货商店的售货员还要恶劣好些；自动售票机也爱开个国际玩笑，刚排队到跟前，它就出故障。

最让旅客挠头的是坐上出租车到了高铁火车站，没地方下车，火车站没有规划出租车的下客区域，只能停在行车道上，在后面汽车的喇叭声声催促中，慌慌张张地拖拽着箱子跑掉。我带着老人和孩子从海口东站到三亚，在海口东站排了一个小时队才买上车票，一路神往着三亚站一定会像北京西客站和上海站一样热闹而有序，毕竟是国际旅游城市嘛。当一团团的旅客被出站口吐出来，扔在这远离市区的地方，很多人才如梦初醒地发现三亚站前根本就没有规划出租车上客区域，也没有交通管理人员，只有一名骑着摩托警车的警察睥睨众生地玩酷。参加旅行社的旅客被旅游车接走了，熟悉地理的旅客坐上公交车走了，剩下一半我们这样出来休闲游的旅客茫然四顾，仿佛被抛弃到荒野的孩子。有困难，找警察，大家都去问那个帅哥警察，他朝进站口努努嘴说："那边去等车。"

原来，出了三亚火车站，要等来一辆送客的出租车，才能拉走一车旅客去城里。可是，狼多肉少啊，那么多旅客拖着行李箱站在大太阳底下，看见来一辆出租车，就像潮水一般涌上去，仿佛饥民抢稀粥。我是个作家，还能矜持一时，希望多来几辆车从容地上去，四十分钟后，孩子的脸蛋被太阳晒疼了，眼泪汪汪地嚷肚子饿，我也只能斯文扫地，勇敢地冲上去和他们抢车。几番进退，终于坐进出租车里，在带着些咸味的海风中，娃娃夸我："爸爸，你真伟大！"我才明白了要树立父亲的伟岸形象，不仅要做高尚的事情，还要勇于挑战庸常的人生。

走前，因为担心三亚的旅馆爆满，提前通过网络预订了三亚湾海边一家旅馆。看介绍属于"家庭旅馆"，有很多可以自己做主的环节，觉得新鲜，就订了一间"茉莉花香温馨双标房"，会员价每天人民币198元，"无早"——没有早餐，我预订了两天。网站要求用信用卡做担保，不能取消和修改，否则自行扣除一天的房价。当时，也没多想。

来到三亚湾，却找不到那家什么海什么花的旅馆，打电话，说胜意大酒店前面有个小公厕，旁边的小巷子里。找到了，确实在海边，过了马路就是三亚湾海滩，人累了和床最亲，看见有床就住下了。这是个临街的小房间，一应设施都很简陋，比起通常的宾馆来要少很多东西，要靠自己来解决，果然是"家庭旅馆"。不但"无早"，也没有电话，甚至没有一次性梳子。打算将就着先睡个午觉再说，但是不能，这个临街的房间，对面几米处就是该旅馆的扩建工地，电锯和锤子交响，汽车喇叭和人声合奏，根本就别想睡着。我不断提醒着三岁多的女儿不能在床上蹦，生怕把那“极简风格”的白茬木床给蹦塌喽。虽然鞍马劳顿，已经很疲惫了，但还是跑出去吃海鲜，然后到海边消磨时光，感受从隆冬来到夏季的舒适。

晚上到底清静些，又发现花花被子极小，盖住头盖不住脚，而且被子里的棉花早被踢成了团，厚的地方一团，薄的地方两层布。让老人和孩子住这样的地方，我心里的惭愧懊丧无法形容。躺在床上，外面街巷里路人的攀谈放肆而响亮，仿佛当街搭着一顶帐篷，而我就住在帐篷里，一种露宿街头的末路感袭上心头，唉，对人生竟然产生了哲理思考：辛辛苦苦十几年，一夜回到解放前！夜半，被一阵奇怪的响动惊醒，朦胧中看到两张床中间权作床头柜的简易小桌子上，孩子的糖果盒里发出哗哗啦啦的响声，以为是老爸半夜饿了，翻孙女的饼干吃，想想不会，哪有老人这么调皮的？等到眼睛适应了微弱的光线，我伸指头碰了碰糖果盒，就看见一条中指大的黑影，鱼儿一般划过一条漂亮的弧线从二十厘米高的糖果盒里跃出，悄无声息地落到了桌面上。我屏息凝气注视着它，片刻，它又一跃而起，划着漂亮的弧线跃入糖果盒，我会心地笑了：这厮多年不见，久违了！我趁着它再次跃出搬运粮食，悄悄起身把糖果盒放到了对面的高脚桌子上，然后，在它微弱而无奈的“吱吱”抱怨中沉入了梦乡。

早上一睁眼，我告诉女儿她的糖果盒被老鼠占领了，娃娃捧着盒子就丢进了垃圾桶。我们一家三代打点行装，退房时被告知双休日没有发票。我顾不得这些了，只要脱身，哪怕再用信用卡威胁我也没有用。坐出租车来到大东海风景区，住进了一家正规的酒店，那个舒适啊，直感慨“贫穷不是社会主义”。到了大东海才知道什么是海滩，什么是海水游乐场，三亚湾其实就是个普通公园嘛，怎么会以为它是三亚的主角呢？

# 南方的理发师北方的剃头匠

镜子镶着木框，挂在墙上，与被潮气和时光洇出暗斑的墙呈四十五度角，底部被两颗锈黑的铁钉托着（这两颗铁钉的精神，有如那庙里用肩或背或手臂抬着菩萨的力士，从来就矢志不移），顶部的木条上，拧着一颗头上是个圆环的螺丝钉，一条裹着尘腥和油腻的黑绳子牵着它，那一头被墙上的第三颗同样锈黑的铁钉拽着。这是20世纪70年代乡村理发店的镜子，通常，它是由一个象征着集体荣誉的镜框改造而来：用抹布蘸着汽油，小心地把镜面上用红漆写的“奖给 ×× 大队”擦掉，占据中心的那个又红又大的“奖”字，很要费一番功夫。当这个镜框恢复成镜子的面貌，呈四十五度角被挂在墙上，理发店就初具规模了。也许是角度和光线的关系，也许那个时候还不能把水银在玻璃上涂得很均匀，当你披着有点煤油味道的白布仰起头时，镜子里会出现一个被夸张了的头脸，那面孔分明是你自己的，但面子和五官却不应该那样的大，仿佛看守庙门的金刚。但你没必要表示惊讶，你会觉得照镜子可不就是这样的？不信等你脖子里的头发渣子被吹干净，跳下木靠椅，你可以试试，无论你离那镜子远还是近，无论你站在哪个角落，只要你能从镜子里看到自己，你的头脸总是那样奇怪的大。光学在这里是失效的。

三十年后，我在南方省份的古民居村落突然撞见三十年前北方的理发店，我没有惊愕，只是有点迷糊。我又看见了那面呈四十五度角挂在被潮气和时光洇出暗斑的墙上的镜子，但我没敢走进去照一照，我拿不准，照进去了还能不能出来，我有些敬畏古老的东西，哪怕它只是时光的印痕。常常是，这样的乡村理发店，总有些闲人在那里抽烟或者下棋，下雨天尤其如此，潮湿的空气中充满着雨声和笑声的喧嚣。我看到，那些人还坐在那里，只是，三十年后，在南方，他们开始玩起了麻将，而且每个人都老了不少。那个少年理发师，也成了笑容平和的老头，他手里原来会嘎嗒嘎嗒响的手动推子，可能因为人老了，手劲小了的缘故，也换成了嗡嗡响的电推子。我少年时曾试过捏动他的手推子，只能捏几下手就酸了，那简直就是个握力器，而那个年轻的理发师，他能让它发出令人昏昏欲睡的均匀的嘎嘎嘎嘎的声音，细碎得一如宁静的夜里蚕吃桑叶的声音。

在北方，我的故乡早已经没有乡村理发店（确切点说我们叫它剃头部）了。二十多年前，大家都开始去镇上理发，因为年轻的剃头匠听人说只有外乡人才干这个行当，而他母亲确实口音不是很纯粹，于是小伙子选择了和本村的一个姑娘订了婚，有一个很短暂的时期，他给人剃头的时候，那姑娘还帮着给人洗头，但是终于他们选择了当一个纯粹的农民，只是种地，不再剃头。他是我的故乡最后的乡村理发师，人们都叫他“剃头的海山”。我对海山和他的剃头部最早的记忆可以追溯到1977年到1978年之间，那个时候我大概三岁左右的样子，母亲抱着我来到村子最北边的磨房，海山的剃头部就在磨房的偏房里，一扇薄薄的木门，只要关上，奇迹般地就将机器的轰鸣隔绝了，世界马上恢复了宁静。刀片在从窗户射进来的阳光下闪烁，金色的粉尘在光线中群舞，我被母亲抱着，用尽浑身的气力大哭，我听见海山在笑我，泪光里我记得他的笑容很纯净，像个老女人一样可亲的笑容，现在想来，那笑容应该是像那个时候的少女一样羞怯才对。我清楚地记得，把我剃成光头后，海山发现装痱子粉的圆盒子空了，他随手在土墙上摸了一把，把手上的尘灰抹到了我的后脑勺上。那是我开始人生记忆的源头。

常常是在午饭后，刚放下碗筷，母亲就对我说，上磨房去，让海山给你把头剃剃。我走向村北的磨房，远远看见磨房的墙上画着一些穿绿衣服戴白口罩的人，墙皮剥落看不清面目，很多年后才知道，那些壁画记录的是中国人民伟大的朋友诺尔曼·白求恩在前线救治伤员的事迹。忘了说，那个时候，剃头是不要钱的，队里给海山记着全工分，他可以不下地干活，也不用发愁口粮的事情。我不能肯定，三十年后在南方的福建培田见到的这个老师傅，会不会就是老了的海山，当时天色阴晦，理发店里亮着昏黄的白炽灯，那些依然在这里消磨光阴的闲人，看上去更像是时光的蜡像或者标本。

# 母亲的腿疾

母亲为腿疾所困扰。多年来，我每有到外省出差或旅游的机会，都会留心寻找治疗骨刺或风湿的药物，自2005年以来，先后让母亲服用过云南一种舒筋活络的中成药，贴过两三个疗程的膏药，还连续服用了六个疗程的治疗风湿骨病的中成药，动辄数千元，其间找偏方、药熏、贴膏药、抽关节液，更是不胜枚举。然而，无论是近万元的特效药，还是一二百块钱的黑膏药，一开始用的时候，母亲都会感觉腿脚轻快多了，她自己和家里人都很高兴；接着再用，就说跟从前没什么两样了，甚而有时候还会说，似乎还不如从前，于是作罢，接着寻找更有用的药。

买了昂贵的药品，售后总是很殷勤，时常有电话来问询症状是否减轻，我均以实相告，往往让对方的兴致勃勃变得支支吾吾，然后对方会试探着问，你母亲患病多少年了？屈指一数，自1999年我从故乡洪洞调到太原上班，渐渐把没明没黑劳作半生的父母从土地上解放出来，竟然足足十个年头有余了——母亲正是离开土地后才发现双腿已经无法站直的。售后就恍然大悟：这是患病时间过长，关节磨损过度了，要比普通患者多用几个疗程的药。我并不认为售后是纯粹为了挣钱而信口雌黄，因为我的两位朋友的母亲也患有同样的腿疾，听说我的母亲正吃着那种秘方药，也先后为他们的母亲买了同样的药，且只用了一两个疗程就康复了，原因是，人家的患病史只有一两年时间。

因而父亲总结说，你妈的腿是老毛病了，再好的药也不顶事了，吃不吃药一个样，以后别乱花钱。母亲则埋怨说，都是那年跟着你爸在果园挖坑栽树累的，手术后没一百天就跟着他挖了二百多个一米深的坑，最后果苗全旱死了，只落下一身的毛病。

对于母亲的腿疾，我有自己的判断，那肯定是几十年来蹲在棉花地里打芽子、捋“毛腿”（主干底部赘生的小叶子），坐下的“职业病”。数十年面朝黄土背朝天的岁月里，母亲一直只有七八十斤的体重，双颊塌陷像猴子的轮廓；一旦扔了锄把每天在家中闲坐养花，体重竟然增长了一倍，成了一百三十多斤的胖子，那双腿骤然要承担比前数十年多一倍的分量，不出问题才怪。母亲对我的论断不以为然，因为父亲同样离开了土地，可是他反而比从前瘦了许多，这又作何解释呢？

除了讨厌的腿疾，母亲还伤心自己晕车的毛病，说这是没福气，想去哪里都去不了。多少年来，拖拉机四面透风她常坐，密闭良好的轿车她一上去就难受，不是闻到有汽油味，就是耳朵疼。可也奇怪，我妹妹生下孩子后，母亲坐了二百公里的轿车从洪洞赶到太原，我问她有没有晕车，她很费劲地想了半天说，忘了这回事了。2007年我也有了孩子，因为是双职工，就把父母接到太原来专职看孙女。两三年来，断不了常要陪着父母回家乡看望亲戚长辈、给祖母扫扫墓、拔拔老院子里的草，大运高速上往返四五百公里，母亲吃两个药片就能对付下来，最近往耳朵后面贴个小小的药纸，就平安无事了。

这个麦收季节，在北京工作的弟弟也要有孩子了，母亲已经筹划好，把父亲留下接送后半年就上幼儿园的大孙女，她要只身前往北京的小儿子家中，为小儿媳伺候月子了。为此，在这个夏天还没像样地到来之前，母亲已经开始为大孙女织第二身毛衣，以备冬天里穿了。看着她每天信心满满的样子，我知道那时速三百公里的动车也不在话下了。

# 为父亲写序

我提出把父亲的作品编一本书，已经是两三年前的事，当时是在我们家的农家小院里，父亲说，不着急，等我六十岁的时候再出吧，现在出有什么意义呢？——对于文学，他早就没有了功利心。

而就在二三十年前，父亲对文学的热情，不比那个时代汹汹如过江之鲫的任何一个文学爱好者差，对于一个青年农民来说，又不同于个别文学爱好者的狂热，父亲和他那一两个利用农闲搞写作的农民兄弟，他们对文学的爱，从一开始就像儿子对母亲的爱一样自然、纯粹，因此，他们对文学的信仰是沉静的。

由于父亲的带领，我从小学时代就在他的指导下给报纸的副刊“新芽”版投稿，成为当时几乎最年轻的“文学青年”。似乎是20世纪80年代的中叶了，1984年左右的样子，父亲当时已经不再对短篇小说心存念想了，他把那些装着退稿和退稿信的厚厚的牛皮纸信封放在柜子的最底端，创作阵地从文学杂志转向报纸，开始很务实地写点小小说、报告文学给报纸副刊投稿，事实证明，父亲的转型是成功的，他开始频繁地发表文章，并且在我们那一方声名鹊起。

现在给父亲编这个小册子，我不时会被唤醒最初作品发表时的那种欣欣然，不是兴奋，而是欣然喜悦，是那种对发自心底认为是美好事物的满足感。这种愉悦的感觉，对我们的人生是至关重要的，它让生活有亮色，让生命有不同的风景。我认为，这是父亲给我和弟弟的最重要的东西。当然，父母给予我们兄妹三人珍贵的东西太多了，其中影响我们人生道路的重要一项就是：做善良的人。我们这个家庭，父母和子女之间，几乎从来没有呵斥和打骂，我们习惯了彬彬有礼，把真情藏在心底不随便表露，然后在一个合适的时机和场景下，一家人聚在一起的时候，深入地交流一下。大概，这是因为家里知识分子占的比重太多的缘故。这个家，在我的记忆当中，最早是和大多数农家一样赤贫的，我的爷爷在1961年被饥饿折磨致死，奶奶的节俭可以用“可怕”来形容；我的父母曾经用勤劳来创造过殷实的日子，但在我们兄妹三人漫长的求学岁月里，无可奈何地再次返贫。土地养育了我们，但我曾经那样地仇恨土地，在那仿佛无尽的岁月里，我的父母顶着启明星下地，月上中天还在地里劳作。在我童年的记忆里，有个孩子挥舞着一根树枝，咋咋呼呼地大叫着在暮色四合的田野里狂奔，以宣泄他头上巨大的恐惧感，那就是我，这家的长子，在阒无人迹的田间路上奔跑，去喊我的父母回家吃晚饭——三十年前那个时候，假如在冬天，清晨雪地上的梅花爪印，是狼，是狗，很难说清。

读书，终究改变了我们的命运，我们远离了土地，继而父母也远离了土地。但毫不虚伪地说，我近年来非常强烈地渴望荷一柄锄，去田间除草，举目无际的原野，心情何其轻松！有时候，我们需要重温一下对土地的感情，就像在庸常的生活当中，我们需要提醒自己去体会一下父母对我们的爱。在父亲的这个小册子里，1991年到2001年的十年里，他几乎写的都是报告文学和通讯报道，这是生活使然，这个阶段，我们兄妹三个都在外地求学，土地上的产出远远不够支付我们的生活费用，而父母又是那样重脸面的人，轻易不肯向人开口言借，这个时候父亲已经到镇政府上班，领导体谅他家里学生多，特别针对他的特长制定了一个政策，大致是在县报发一篇报道奖五元钱，地区以上报纸发一篇报道奖十元钱，我记得父亲有一次颇为自喜地说：算算一年下来还不赖，还有千把块钱呢。这个时候，父亲早已不做什么文学梦，他被套在生活的大船上，和母亲一起艰难拉纤——和别人不同的是，我的父母面对生活的艰难，不是愁苦，而是充满对前景的美好展望，这里面，有文学的浪漫主义在，也有对孩子们十足的信心。我的父母，从来不是目光短浅的人。

现在，我把父母带在身边，把我的女儿交给他们带，我希望父母能像培育我们一样，把他们的孙女教育成一个善良的人，一个能体谅别人，并且能和人友好相处的人。我希望我的女儿能把对生活的乐观精神传承下去。

为父亲整理这本小册子，与其说是梳理他的文学作品，不如说是在梳理他的人生轨迹，早期的小说创作，中期的通讯报道，较后的散文随笔，正是梦想、人生、境界的三部曲。而今父亲轻易不提笔了，他含饴弄孙，和母亲一起打理着我们的生活，何时带孩子出去散步，何时去买菜，何时该做饭了，何时洗了碗看电视，他们的生活很规律。其实，自五十岁以后，父亲就越来越安逸了，他对文字的兴趣，渐渐回归阅读，他对生活的态度，渐渐回归幸福。

而我最羡慕他的，还有对文学信仰的沉静，我尚需要这种沉静。

# 老爸的咒语

孩子从小胆小、豁达，什么也不敢竞争，也不去争，只是顺从。学了个钢琴，怕妈妈骂，更怕老师批评，愿意不愿意都能坐在那里苦练，三十遍，五十遍，有的曲子练过三五百遍，偏成为进步最快的，被老师选去参加市里的钢琴比赛。她妈妈深有成就感，提前两三个月买回来表演的服装，故意买大了点，到时候正合适。

指定演奏的那首曲子，练了快有上千遍，直到我一听就头痛，但我这个门外汉也能听出来，变奏时有两处衔接总是磕磕绊绊，暗暗为孩担心。有时，她也能弹疯了，发挥得超常，自己享受地微笑。

临比赛前些天，老师和她妈妈教她舞台礼仪，怎样向评委老师问好，怎样把琴凳调整到适合自己的距离，怎样躹躬下台。我出差回来，她们已经万事俱备了。

比赛日那天，她妈妈向学校给孩子请了假，命令我上午陪孩子练习，她下午请假陪孩子去比赛。我以为是个很多观众的大舞台比赛，很替孩子担心，也想看看她从上下舞台到演奏是否流畅，便暂时从练琴的反对派站到她妈妈一边。

一上午练习得挺好，快中午时，孩子突然跑过来抱住我，哀哀地说：“爸爸，我不敢去。”

“咋啦宝贝，不是挺好的吗？”我违心地鼓励她。

“万一我有一处弹错了怎么办？评委会听出来的！”她惊恐地说。

我抱着她，感到自己和她一样的脆弱。但我是爸爸，我得帮孩子过了这一关，于是我说：“下午爸爸也陪你去，爸爸会念咒语，一念评委就傻掉了，什么也听不出来了。就剩你一个人玩了，想咋弹咋弹。”

“真的吗，爸爸？”孩子的眼睛发亮了。

我郑重地点头，做了个突然定格的姿势，孩子笑得打滚儿。我要求她从走台到问好、演奏来一遍，她高兴地说：“爸爸，你念咒语的时候别出声啊！”我又郑重地点头。

下午到了比赛场地一看，压根儿就不是那么回事，哪里有什么大舞台，就是一间间的教室，评委坐成一排，孩子们排队进去演奏，更像是考试。家长们匆匆拽着孩子来，有的收拾了一下，有的干脆是从学校来的，还穿着校服，孩子大人都淌着汗，只有我们郑重其事，孩子穿着演出服，她妈妈用一中午时间给她化了妆。我有些啼笑皆非，她妈妈镇定自若，孩子不时看我一眼，又低下头去想心事。

组办方宣布每个孩子只能有一个家长陪着进去，她妈妈当然不会把这个露脸的机会让给我这个反对派。临场前，孩子悄悄地问我：“爸爸，你能陪我进去吗？”

我哄她：“你妈妈陪你就好，爸爸在外面给你念咒，不用怕！”

“那你可别忘了啊！”孩子一步一回头。

“你们说什么呢？”她妈妈不知道我们的秘密，狐疑地问。

我笑一笑，孩子紧张地叫起来：“别告诉妈妈，不要告诉妈妈！”

我隔着两道门上的玻璃看孩子演奏。全部参赛的孩子，只有她一个人上台后给评委鞠躬、问好。我看到她穿着红色的连衣裙，头上戴着红色的蝴蝶发夹，像在大舞台上一样认真地弹奏。当结束时，不知道是出于如释重负，还是忽然有了艺术家的灵感，她居然把双臂高举，陶醉地闭了下眼睛。

按照提前排练的程序，孩子离开琴凳想转身给评委鞠个躬再下台，评委已经说出下一个孩子的名字。

# 景老师消失在地平线

我就是传说中的那个偏科生，俗称“跛腿子”，从小学到初中，每逢考试语文成绩全班第一，作文几乎回回满分，而数学真不能提，从来没记得及格过，尤其十九分总是阴魂不散地缠着我。我每每忐忑地等着父亲钻进被窝，才把父母的卧室门推开一道缝，把我那标着鲜红的“19”的数学试卷试探地递向父亲，父亲不能赤条条地跳下炕来教训我，只把他极度失望的目光射过来，让我羞愧得想在地下找个缝钻进去。

那年，我十八岁了。每个人都能等到幡然悔悟的那么几年，一下子就变成个大人，一股子气顶在脑门上，豪气鼓满胸膛，要玩了命地奋斗，要改变自己的命运，要拿青春赌明天。我化名“李云翔”，选择了一个偏僻些的中学去复读（已经是第二年复读了），我的心思是隐秘的，也是雄心勃勃的，要创造一个崭新的自我。

这个新成立的初级中学相当破败，前身是一所遗弃的苏式营房，每个年级只有一个班，我的班主任叫景长好，代数学课。有意思的是直到毕业多年后，我还认为我的班主任是叫“景长浩”——“浩气长存山河壮”嘛，没想到竟然是个有女人嫌疑的“长好”。这多少让景老师多了几分喜剧人物的色彩，他本身也是很喜剧的形象，瘦高，扁平而赤红的脸，鼻子小而尖，两抹稀疏的黄胡须卷曲着，说话是很缓慢而低沉的喉音，表情总是似笑非笑。比他的语速还要缓慢的是他的脚步，晃荡的裤管下一双不系鞋带的解放胶鞋，前脚蹭出去半天了，后脚还在犹豫着是否该跟上。就是这样一个让人忍俊不禁的人，却极有威严，班上我那几个好友也是没人敢惹的“霸王”级，敢打老师的，见了景老师都缩起脖子只有吐舌头的份，任谁都不敢造次。据说，看门房的老两口最后一只母鸡被偷吃后，景老师曾把其中几个单独叫进办公室，按在床上扒了裤子，用他那磨光花纹的胶鞋底着实打了几十下。多年后我们在一起笑谈，那谁嘿嘿嘿嘿笑个没完，直到笑出眼泪来，不迭地说：“服了，服了，那家伙真打啊，打起来没完，打服了打服了……”偏偏是这几个，和景老师感情最深，毕业后经常去看望恩师，师生之间像哥们儿一样说笑着回忆从前。

有件事存疑，那就是景老师的袜子，据说他从来不洗袜子，穿脏了就压在床铺下，把早先压在底下的那一双再拿出来穿，久而久之，他的袜子从床铺下拿出来竟然是能站住的。这是说景老师的懒。他懒到什么程度呢？喝点酒能大睡一天，半夜三更才爬起来。这个时候爬起来，有个缘故。对于农村孩子来说，升学是唯一的出路，对我们这些复读生更是如此，大家都憋着劲赛跑，别人睡觉的时候自己悄悄溜到教室里用功，通常凌晨一两点钟，还会有十几个人静悄悄地学习。这个时候景老师悄没声息地进来了，穿一件红色的旧运动衣，披着洗褪色的黄军装，眯着眼睛扫视一圈，径直走到坐门口的学生身边，先把双肘支在课桌上，才把屁股放在板凳上，低声地干咳一声，酒气和烟味很浓地问：“有什么问题没有？”当然有问题，不会解的题都折着页，就等他来辅导。“这个题，这么着……”

景老师伸过手臂拿起三角板，在图形上比画一下："这样加辅助线，你看……看出来了吗？"学生就恍然大悟了，真是名师一点通啊。"没有了吧？有了再说。"站起来，披着旧军装，慢腾腾挪向下一个学生，还是先把双肘支在课桌上，才把屁股放在板凳上，低声地干咳一声，酒气和烟味很浓地问："有什么问题没有？"直到把所有人的问题解决完，打着哈欠回去办公室兼宿舍接着睡大觉。也有特殊情况，就是他一时也解不开的题，必然一个人比画到天亮，严重的时候一连几天比画同一道题，直到找到办法。

有时候中午喝了酒也不误白天的辅导，开学没几天，我对数学没底气，每个自习课都弄代数和几何，景老师扑塌扑塌进来了，弯下腰看我做题，他个子高胳臂长，双手支在课桌上，我同桌就在他怀里做题。他一言不发，看得我鼻尖直冒汗。后来我同桌溜到最后一排去了，他就歪歪身子坐下来，把胳臂弯起来平放在桌子上，脑袋枕在胳膊上，慢条斯理地说："听说你数学从来没及过格？"我说："基础不好。"他也不笑，依旧慢条斯理地说："基础不好不怕，关键要讲究方法。"拿过我的三角板来，放到试题的图形上，"你看，这里加条线，这样，这样，是不是？"我眼前一亮，神了！"关键要会加辅助线。"他强调。我从来没想到解数学题有这么大的乐趣，代数、几何原来是这样迷人的智力游戏，我仿佛被内力深厚的武林高手打通了任督二脉，功力大增，一个学期下来，寻常的试题已经不能满足我的兴趣，到处淘疑难课外试题来挑战，在坍塌的营房找几块白灰块，就在残垣断壁上画图形找辅助线，已经不屑于把题做完。再后来我们的学习委员都来请教我解题方法，他还到处宣传说："云翔一讲我就明白了！"数学成绩上去了，升学已经不是什么问题，但是副作用太大，直到十几年后我母亲还在抱怨："跟上长好什么都好，就是学了个慢性子不好，走路像踩苍蝇，能把人急死。"

我至今无法定位景老师到底是个喜剧人物还是悲剧人物。有一回我们几个在操场上的瓦砾堆上读外语，一个人突然住了口，拿书本掩住嘴悄声说：“快看，快看，长好又跳墙了。”我一扭头，看见景老师骑在墙头上——他家在学校后面住，人懒，为了省几步路，总是要跳墙，结果那里就被他扒成了一个月牙形——明明看见他从墙上溜下来了，突然消失在地平线以下了。有人就咕咕鬼笑，说：“我打赌长好一定掉井里去了！”大伙赶忙跑过去，扒在墙根下的枯井口张望，就听见里面有人打呼噜。赶紧大呼小叫想办法把老师拉上来，酒醒后走路就有些跛了。都说一个人不会两次涉过同一条河，但我们把景老师从同一口井拉上来至少在两次以上。他又一次从井里出来之后，头碰破了，戴了他儿子一个毛线帽子，配着两撇小胡子，远远地晃过来，就像《大师与玛格丽特》里的一幅插图。后来听说他出过两次车祸，还在伐自家地里的大树的时候，被倒下来的树砸过一次。

十多年后，我挂职回到家乡，景老师已经是校长，因为骑摩托出车祸把多个内脏切除了，但奇迹般康复了，只是更加瘦长了。我分管教育期间，帮他争取了点资金，把校舍危房翻新了一下，他怕包工头从中谋利，亲自领着人干。完工后我去看了看，教室墙那个厚，门窗那个坚固，比自己家盖的房子不知好上多少倍。牛年新春，听说景老师又出车祸了，问题很严重，我还没来得及去看他，但我相信他一定没事，掉了那么多次井，出了那么多次事，不都没事吗？我这位恩师，他是十二属相里没有的，他属猫，至少有九条命欤。

# 给孩子说说选举的事儿

暑假结束后咪嗒上了四年级，进入了小学的高年级阶段。开学没几天的一个晚上，我把孩子从她爷爷奶奶那里接回家辅导作业，刚放下书包，孩子就噘着嘴有点委屈地“告状”说：“今天老师让选举电脑课代表，我填上了我好朋友的名字，可是她没有填我。爸爸，她为什么不选我？”

“你怎么知道她没有选你？”

“因为黑板上就没有我的名字。”

“哦，这样！”

咪嗒向来是个豁达的孩子，心胸不同于一般的女孩，我知道她一会儿就会忘记这件事，她习惯于“原谅”别人的过错，现在只不过有点拿不准“友谊”是怎么回事。我告诉她先写作业，作业写完了再说这事儿。她果然没有受情绪的影响，很专心地背起了英语课文。

大约一个小时，我检查完了孩子所有的作业，听她背诵了英语会话，然后我让咪嗒坐到我身边来，揽住她瘦瘦的小肩膀说：“来，宝贝，咱们讨论一下你们今天选举的事儿好吗？”

“好的爸爸。”她很感兴趣，像往常一样喜欢和我交流思想。

我笑着提出了第一个问题：“宝贝，你今天填了好朋友的名字，是因为她是你的好朋友，还是因为觉得她懂电脑操作呢？”

她想了想说：“我选B。我们是好朋友，所以我知道她电脑玩得好。”

我又问她：“那你觉得她没有选你，是因为不把你当好朋友，还是她认为你不太懂电脑操作呢？”

“我还选B，我不多玩电脑，她知道。”孩子翻翻眼睛，有点释然。

“宝贝，”我看着她说，“假如今天选的是美术课代表，你觉得她会填你的名字吗？”

“当然会！”

“为什么呢？”

“因为我们是好朋友，她知道我画画好！”咪嗒瞪起了眼睛，充满了自信。

“好，那你现在觉得她今天没有填你的名字，是不是对的？”我很替孩子高兴。

“当然是对的，我们选的是电脑课代表，又不是选好朋友！”咪嗒笑起来，做了个鬼脸儿。

“那你们还是不是好朋友？”

“我们当然是好朋友，下课后我们就在一起玩了，我一点也没有生她的气。”咪嗒像个男孩子一样摆摆手，一副无所谓的样子。

“咪嗒是个好孩子！”我摸摸孩子的头，告诉她，“去玩吧！”心里很为她的善良和豁达感到轻松，有这样的心胸，以后面对社会上的事情，就不会患得患失，有时候爱和别人计较，其实是和自己过不去，只要自己能过去，其他都不是事儿。

# 阳光亮过所有的灯

## 之一

是的，我要说的是梦想。我要说的是有梦想的人生。我的梦想在文学，或许我将要谈论文学，但我其实是在说梦想。梦想是生命的阳光，和它相比，其他的人生追求，那些与生存状态、生活质量，与名利相关的种种愿望，不过是照亮脚下前行道路的灯烛，而梦想是照耀生命大地的阳光——阳光亮过所有的灯。

曾经，我常常会怀疑，自己到底是不是块写小说的料儿？直到慢慢发现，好的创作状态和作品，不是出于脑子，而是源于心灵。有研究表明，人的心脏是参与思考的，它不仅仅只是一个血泵。若干年前看到这则小小的奇闻，我是当作科普知识记住的。多年后我却在写作实践中笃信了这个说法。

无知者总是无畏的，和后来不同，我开始学写作的时候，是自信满满的。一个人一生会从事什么事业，有宿命的成分，也有外部条件和自我性格的因素在内。我会折纸片儿往地下甩，和人斗输赢的时候，还认不得几个字，但颇有些想成为文化人的萌动，为此，我趴在炕沿上，把父亲的藏书《水浒传》、《吕梁英雄传》翻开，一页页地翻看，找到没排满的半页或者大半页空白纸，就用小刀子仔细地裁下来，然后从祖母的针线笸箩里翻出针线来，让目不识丁的祖母帮我装订成本子，打算给上面写点什么。祖母望着被我裁得七零八落的两本厚书，很担忧地警告我："也不知道你爸这书还有用没用，你把人家的宝贝糟蹋成这样，看挨打的日子在后面！"这件事情说明，我从一开始就是个爱搞花架子的形式主义者，但具有挑战权威无视经典的勇气。

父亲有没有因为我破坏了他的书打我，我不记得了，好像那个时候他也顾不上这些，当时正是文学狂热的20世纪80年代，作为村委主任的父亲，是方圆村子甚至整个甘亭公社最有名气的"写文章的"。和他一样为文学疯狂的还有本村的一个农民好友，三十年后，父亲早放弃了文学，而那位跟着他学创作的叔叔至今还在写当年流行的"一袋烟小说"。大约两三年前，我作为山西省作协副主席回到故乡洪洞县参加一个文学会议，在会后主办者发给我的现场照片里，愕然发现我在主席台讲话的时候，那位叔叔就静静地坐在会场角落里，我用鼠标把照片放大了又放大，凝望着他沧桑的面孔失神良久，心里很不是滋味。三十年前，每到下雨天，不能下地干活儿的时候，那位叔叔就会带着他的儿子来我家，他儿子和我在炕下"打纸片儿"，他和我年轻的父亲趴在我家土炕上研究"故事结构"，我忙里偷闲望了一眼他们的表情，他们面色庄重，一定是在商议什么惊天动地的大事，我支起耳朵，听到他们讨论一个人在公园里把手表丢了，是应该丢在长椅底下，还是应该丢在水塘边的草丛里。为此两个人讨论到掌灯时分都没有定论，他们父子还得在我家吃免费的晚餐。及长，我想起那个情景就纳闷儿，两个没去过大城市的泥腿子，怎么会知道“长椅”和“水塘”的呢？

再后来就有点明白了，为了学习创作，我父亲经常骑着公社奖给他的自行车去临汾城里（当时的行署），到邮政局买文学杂志，以至于攒了满满几大柜子《人民文学》、《作品》、《青春》、《汾水》（《山西文学》前身），家里到处扔的都是文学杂志。他们关于公园的那点想象，一定来自刊物上别人的小说。所谓“纸上得来终觉浅”，所以他们最后没有成为作家。我曾不无遗憾地想过，假如当时父亲他们能有条件和山西文坛五老——马峰、西戎、束为、孙谦、胡正——见一面，哪怕说上一分钟话，马老告诉文学青年的第一句话一定是“生活是创作的唯一源泉”，那父亲他们也许就会被一语惊醒梦中人，知道要从生活而不是别人作品当中去寻找素材，知道要写自己最熟悉的生活，那现在我也许就跟李锐、蒋韵老师家的笛安一样，成为“文二代”了。这绝不是不切实际的幻想，因为大概二十年后，我在山西日报社做副刊编辑，就有幸结识了马老和胡老，马老在他给我的若干便签中提到的最多的就是“生活是创作的唯一源泉”，我就代替我父亲成了作家，圆了他的梦。

父亲和那位同好叔叔没有实现文学梦想，他们失去了文学但是留下了梦想，这使他们成为晋南传统农民中的异类，他俩不安心种地，北上太原城，买回蘑菇菌种搞家庭经济，就在我家新瓦房的堂屋里搭起架子、覆上塑料薄膜来养蘑菇，结果弄得菌丝乱飞，一家老小“吭吭咔咔”咳嗽了整个冬天。后来我父亲还当过养鸡专业户、种棉大户，熬过糖浆，种过果园，兴冲冲地转移着他未遂的文学理想，没对生活改善多少，倒是赚来正经农民的冷嘲热讽，他们说：“看看人家保玉，看着书本种地哩，也不知道是他日哄地，还是地日哄他！”父亲却始终不渝，不为所动，几年之后，他科学种田的理念开始深入人心，当年嘲笑他的农民每到节令总是手足无措地登上我家的门，毕恭毕敬地向他请教：“保玉，你看后半年种什么保险呢？棉花上的红蜘蛛应该打什么药？”而此时父亲对堂屋里中堂底下那个黄色的柜子看守得也不那么严了，于是我偷偷用砸扁的铁丝撬开了柜门上的锁，结果大失所望，没什么值钱的宝贝，满柜子全是硕大厚实的牛皮纸信封，上面打着红色的印戳：退稿！我打开一个，抽出来，是厚厚的一沓信纸，第一页上用蓝色的墨水恭敬地写着“短篇小说，马房院的故事，李保玉”。呈“工”字形排列。有一次在给家里养的牛铡麦秸的时候，我问起这件事，父亲很自豪地说：“那个小说已经通过了二审，三审没通过，差点就发表了！”退稿的是山西省作协的《山西文学》编辑部。父亲还饶有兴味地跟我谈起当时山西文坛红极一时的“两座石山”，他还知道韩石山曾在汾西当过教师，最有名气的小说是发在《山西青年》上的《行路难》，而张石山的短篇小说《镢柄韩宝山》获了奖。有意思的是新世纪之初山西文学院让专业作家和签约作家“结对子”的时候，韩石山老师成了我的导师，而张石山老师如今经常和我一起参加文学活动，父亲却对文学和“两座石山”都失去了兴趣，他含饴弄孙，整日忧心的是在北京工作的我弟弟马顿买不起房子。

被父亲冷落的文学杂志，后来成了我的课外读物，印象最深的是在《人民文学》上看到的张贤亮的《灵与肉》，插图像题目一样触目惊心，可惜当时看不懂写的是啥意思。有一天放学后翻阅一本掉了前后封皮的杂志，看到一个叫贾平凹的作者写的短篇小说《桌面》，不长，一读就读了进去，被感动了，觉得写得好，有了模仿的冲动。后来的若干年里，我一直坚信那个写《桌面》的作家会出大名的，现在看来，我十一岁那个时候眼光就很准，还是有点艺术天分的。

## 之二

我没有问过父亲，他是否真的读过《水浒传》和《吕梁英雄传》，还是因为被我把书剪坏了没钱买新的。我却是直到1995年二十岁的时候都没有读过一本像样的外国文学名著，此前最可炫耀的是在上初中的时候，一个人住在野外的看瓜棚里，就着马灯读完了八卷竖排本的《红楼梦》，夤夜读到“昨夜潇湘闻鬼哭”，灯影摇曳，瓜棚外枯叶在风中哗哗作响，顿时寒毛倒竖。为了凑足学费，我从十四岁上学做瓜农，每天晚上在瓜棚里看瓜，早上就用小平车拉一车西瓜和甜瓜去军营门口的国道边摆摊儿，支一张小饭桌，上面摆着一个最大个儿的西瓜做招牌，西瓜底下用草圈儿垫着。好歹是个读书人，嫌丢脸，就让我八岁的弟弟马顿坐在桌子后面的小椅子上，我在平车后面铺块麻袋片儿，躲在后面看张扬的《第二次握手》。有人来买瓜了，弟弟就喊我一声：“哥，别看书了，出来称西瓜！”我就抖擞精神像个老手一样出来和人讨价还价，抡起西瓜刀打开个三角口子，很自信地对买主说：“看，沙不沙？都说了不沙不要钱嘛！”

那个暑假，我深深地爱上了美丽婉约的知识女性丁洁琼，为她哭得稀里哗啦，为她多年梦绕魂牵，虽然那本《第二次握手》最后一页没有了，却给我留下了无尽的遐想。

如愿考上中专后，我保持了在初中时给报纸副刊投稿的爱好，这样在补贴生活的同时，还可以获得女同学的青睐。但对于文学创作尤其是小说我是没有任何理论概念的，我不自信的原因是上初中时学校很有名的弄潮文学社竟然不吸收我当社员，我假装不屑，其实是那么渴望自己的作品能在那本油印刊物上发表。我不被吸收的原因是我的作文总是不能符合要求，喜欢胡思乱想，比如那年春天下雪了，老师让赞美雪景，我却想起来村里的老农常说的一句农谚“冬雪皆宝，春雪皆草”，我就写了很多春雪的坏话，以为老师会表扬，结果招来他很多白眼儿。后来我父亲终于不能安心当农民，他报考了《山西青年》办的“刊授大学”，八七版《红楼梦》里演黛玉的陈晓旭当时也是学员，有一期《山西青年》的封面明星就是她，美轮美奂如黛玉附体。父亲靠着文学青年的底子获得了刊授大学的结业证，被公社一位独具慧眼的领导看中，要他去做党办秘书，在此之前，安排他去《临汾日报》副刊做实习编辑。父亲就辞了别人眼热不已的村党支部书记一职，去报社实习，数九寒天，戴着一顶雷锋式的“火车头”棉帽，蹬着自行车顶着呼啸的西北风每天天不亮出发，太阳下山才回来。而我却不得不跟着母亲去地里拉棉花秆儿，那是一个冬天做饭和取暖的燃料。正是父亲在报社做实习编辑的时候，他鼓动我学习写作，把我写的寓言故事和诗歌拿到副刊“新芽版”去发表，让我获得了最初的文学声名，感受到了作品发表后的愉悦和自信。或许就是从那个时候起，我认识到在中国的文坛混，除了写得好，还得有人脉。

但我最早被认为有文学天赋，却是因为一篇写在日记里的说不上文体的文章。初中二年级的时候，语文老师要求学生每天写日记，并且要作为作业检查。当时学校扩容，原先的宿舍成了新生的教室，只好拆了西边的围墙，把十几亩低洼地围起来开辟新的操场，在操场周边建设新宿舍，于是从教学区到宿舍区就需要下两个漫长的大坡——南坡和北坡之间是一段断崖，每天各班值日生就把垃圾直接从断崖上倾倒下去。天长日久，硬是移山填海般又人工造出来一座垃圾坡，有一个冬天的午后，是自由学习的时间，我掂着一本翻开的历史书，溜溜达达地来到垃圾坡顶上，选了个向阳的所在坐下来晒太阳。忽然就被眼前的一幅画面震慑到了：一位头上裹着污黑的毛巾、穿着破烂黑棉衣的老人正半倚在垃圾堆上翻找什么，在他的身边是一条可怜兮兮的老黑狗，也在用爪子刨找什么，不时用哀哀的眼神看老人一眼。在他们的远处，是乡村冬天萧瑟荒芜的田野，田野之上是凄凉的长空。我不知道被什么击中了，动也不能动，就在那样寒冷的冬日午后，完成了当天的日记《老人与狗》，也不知道到底写了些什么，也不知道要表达什么，只觉得眼前有个画面，心中有个疙瘩，不写出来不舒服。第二天就得到了语文老师的褒奖，他说“有深度”，后来拿给我爸看，他也很惊奇，拿给我几页稿纸，吩咐我按照格式誊写出来，投稿给作文刊物。可惜的是并没有发表，可见我写的文章从一开始就不合规矩。

我后来读书的山西省广播电视学校听起来是个文艺类学校，其实是货真价实的理工科中专，也许图书馆是有不少典籍的，但我可怜的文学才情此时正值志大才疏不得其门而入的阶段，根本不知道该借什么书看，也基本看不进去什么西方经典。混了四年，记得借过的书就一本《冰心散文集》，而真正通读也读懂了的就是小仲马的《茶花女》，还是因为对妓女爱情的猎奇才被吸引。但我听说真正会写小说的人，读书都是不多的，你的生活和你自身的感知就能完成好作品。我的第一部短篇小说就是这样有如神助完成的。当时常借些杂牌文学杂志来标榜自己的文学理想，受到一种类似当时流行的电视剧《辘轳女人和井》这样叙事风格的影响，在于我如对牛弹琴的电工电子课上，百无聊赖时，动手把一个小时候听来的民间故事改写成小说，不知被故乡的什么鬼魅附体，居然就写成了。寄给了《山西文学》编辑部，然后就忘到了脑后。一个下午，正和同学在操场边的水泥乒乓球台上打球，同学捎给我一封薄薄的白色信封，是山西文学寄来的，我顿时有福至心灵的感觉，觉得事情成了。拆开看，果然是《山西文学》的编辑祝大同老师约我去编辑部做个小改动，那封信祝老师写得龙飞凤舞，很多字我不认识，但还是看懂了。有生以来第一次去太原市南华门东四条，那条巷子对于我和所有文学爱好者一样云山雾罩的，现在回想起来依然有朝圣的感觉。见了面才知道，祝老师约我来的意思，主要不是为改稿子，他要看看这个把小说写得鬼气森森的家伙到底是个什么样子，结果让他大失所望，是个毛孩子。

就这样，我的第一部短篇小说《清早的阳光》发表的时候，祝老师在"编者手记"中表达了发现我的惊喜，表达了对这部小说的惊奇，同时也表达了对我昙花一现的担忧。很不幸被他言中，我之后的五年时间里，作品都没有达到《清早的阳光》的水准。后来上鲁迅文学院，与同学王族聊起这篇处女作的创作过程，我回忆起那个阶段深受一位叫曾明了的作家的小说氛围影响，王族很兴奋地说，没想到你还喜欢她的作品，那些年曾明了火得很呐。并且我从那次交谈中还了解到，曾明了还是一个颜值很高的女作家。

我毕业回到故乡，临时在县报社工作，流着眼泪读完了路遥的《平凡的世界》，第一次感受到文学作品给予人的精神的伟大力量，但也从那句"早晨从中午开始"，知道了当作家其实是一项艰辛的事业。为了继续自己的文学热情不灭，我用稿费创办了一个小印刷刊物《文学爱好者》，像个山大王一样扯起文学大旗，乌合起二百左右喜欢写作的男女啸聚山林，自己写自己发，拖欠的印刷费托，直到县印刷厂改制时才被清零。想起初中时曾在日记本中写下豪言壮语："我的理想是成为文学家，我的理想职业是文学编辑。"不承想把个理想落实成眼下的情形，不禁感到万般凄凉。当时的环境中，没人和我畅谈文学，没人指导我阅读，也没人交流创作方法，就像在黑暗里摸索着行走，不愿意承认创作上穷途末路，却无计可施。这个时候，从晋东南师专毕业回来一个叫乔文波的家伙，自称中文系毕业，一副文艺青年的形象和文学大师的气魄，可惜他只是个实习生并且一文不名，我就让他做了《文学爱好者》编辑部的主任，让他替我看稿子干活儿。一个晚上，我带着一箱方便面去他寄居的县委大楼宿舍里，想和他谈谈文学。他飘洒着乌黑浓密、略略卷曲的过耳长发傲慢地问我："你看过《百年孤独》吧？"我压根儿没听说过是个什么东西，他不敢相信地说："你不会连马尔克斯也不知道吧？"我说我当然知道，但看过太久，忘记了。他从枕头下拽出一本不太厚的绿皮册子说："你拿去看吧。"——那是我第一次触摸到《百年孤独》。可惜我对它是免疫的，因为我底子太薄了，不足以被他调动写作欲望，而且我写的《清早的阳光》基本上也是魔幻现实主义那一套，那本书只是充当了我后来炫耀自己文学修养的谈资。

就是从乔文波嘴里，我第一次听到了当时中国文坛三位响当当的女作家的名字：池莉、方方、陈染。她们被相提并论，排名先后也是乔氏所为，但他最爱陈染，他有一个十六开笔记本，上面大段大段抄写着陈染的小说——因为家寒，他买不起杂志，只能跑到图书馆抄写。他激情四射地站在地下给我朗诵陈染的小说，读到高潮处，他大声地喊出："陈染就是我的梦中情人！"

## 之三

我此生最引以为豪壮的第一件事情，就是 1997 年倾尽所有的积蓄为我弟弟马顿付了一半上大学的学费，并且尽我所能为他提供生活费用，最后的结果居然是拯救了我前途渺茫的文学梦想。山西师大中文系九十七级的大学生马顿，听了一个学期课后发现他自诩为作家的亲哥哥其实对文学的认知少得可怜，他像个导师一样把课堂上听到的大师作品买上几本，带给他可怜的哥哥恶补，换取当月的生活费。马顿是个爱书的娃，他把在校门口的儒林书局买到的名著，都认真地用画报包上书皮，然后在书脊上用他古怪的字体写上书名和著者。在他买给我的一堆书中，有一本是王永年翻译的《小径分岔的花园——博尔赫斯小说集》，很多名著我怎么都读不进去，但这一本很舒服地就读下来了，而且获得了洗礼般的快感和享受。博尔赫斯，这个被称为作家中的作家的盲眼老人，在小径分岔的文学花园里，用他的拐棍儿为我指引了第一条通往文学殿堂的小路。

正是 1997 年，一位青年作家的死亡轰动了中国文坛，马顿适时地把他的“时代三部曲”带给了我这个在小县城里耳目闭塞的哥哥。像当时很多文学青年一样，我一下子就被吸引。从 1997 年第一眼看到王小波的作品，直到 2007 年的十年间，我几乎所有的中篇小说，竟然都是模仿王小波先生风格的，有八篇三十万字，我是多么的迷恋和敬仰他啊。记得 2007 年编辑中篇小说集，心中充满了怎样的温暖和欢悦啊，我像那些续写《红楼梦》的痴人，翻烂了原著，只觉得还意犹未尽，索性自己写给自己看。于是，就有了那本向王小波先生致敬的《李骏虎中篇小说集》。我是个无趣的人，是从王小波的作品里硬生生地体味到什么叫作“有趣”，我几乎拥有他所有版本的作品，那几年里，家里到处扔的是“黄金”、“白银”、“青铜”、“黑铁”，随便坐在沙发上，靠在床头，或者蹲马桶上，抄起一本来，随便翻到哪一页，都能立刻读进去，嘿嘿地笑起来。坐在山西日报社的花园里捧读《红拂夜奔》，我埋着头呵呵呵呵没完，几乎被人疑为脑子有病。每天午后，捧着一个本子，铺张报纸在大楼背后的角落里，练习“王小波体”。其实，我最钟情的是《万寿寺》，我的第一个中篇《雪落的声音》几乎就是临摹着它写的，当时《花城》准备发，洪治纲老师还写过一个很长的评论。从王小波那里，我知道了早晨的雾气可以用扯开的棉絮来比喻，我知道了天空垂下来，像一颗没有瞳仁的眼珠子。一部《黄金时代》足以代表王小波，但《青铜时代》的《寻找无双》、《红拂夜奔》、《万寿寺》，则真是王小波的“世界奇观”，无人能及。

我认为，评论界把王小波的小说界定为“黑色幽默”是浅显的，实际上，王小波的创作已经达到了艺术的最高境界：荒诞。小说中的讽刺意味与苦涩的幽默结合在一起，通过不确定的时空和人物来表现作品思想内容，将现实中的具体人物抽象化。他的小说已经达到了“在故作平淡无奇的日常形式中表达出反常的内容”，使不受制于现实的事件，显得“比真正的生活真实还要现实”。

1998年的冬天，我到太原应聘《山西日报》的编辑，考完后到当年读书的山西广播电视学校门口的报摊买了一本黑色封面的《大家》。一个人在永济饺子馆就着素鸡和皮冻吃饭时，翻开其时影响巨大的《大家》，看到上面残雪等名家的小说，我暗自叹气说：“这辈子能在《大家》发表一个短篇小说就足矣了！”没想到转过年来，我就在出租屋里接到了一个南方口音的电话，他说，他是《大家》的主编李巍，我寄去的两篇小说决定发表，并且希望我再给他两篇小说和一张艺术照片。第二天早上，我六点钟爬起来，一天没吃没喝也没上厕所，一直在我的旧电脑前坐到晚上六点，十二个小时完成了一个中篇一个短篇，然后跑到照相馆去拍了一张意气风发的艺术照。

正是《大家》的主编李巍老师给了我重新出发的机会，2000年第五期《大家》为我发了一个作品小辑，包括两个中篇两个短篇，使我真正浮出水面。他把我模仿王小波时疯狂练笔的那些习作，史无前例地一划拉全拿到他的刊物上去发，让我一起步就成了“master”。虽然我没有像李巍老师期望的那样，被他打造成中国的杰克·罗琳，毕竟他让我压抑多年的文学激情有了发泄的渠道。中篇小说《睡吧》是李巍先生策划、我完成的作品，当时他是那么兴奋，要发来年第一期的头题，他那么兴奋，以至于经常在我还没起床的时候就把电话打到我租住的房间，把我的破手机打得烫手，把我的话费打光。虽然《睡吧》的写法在他们编辑会上遭到质疑，最终没发出来，但我在老家砍玉米的时候，还是坐在玉米地头的牛车上，挽着袖子捧着手机，尽量地安慰了他失落的热心。因此，当2012年的冬天传出消息，退休多年的李巍老师临危受命，正筹备《大家》复刊时，我猜他一定会找我，这个他当年鼎力扶持、如今已经获得了鲁迅文学奖的青年作家。果然心有灵犀，我很快又听到了那个亲切的南方口音，当年曾如同文学使者在替缪斯之神传达福音，虽然此时稿债压得我几乎直不起腰来，我还是毫不犹豫地答应了他在几周内写一篇解构类型小说的作品。而在创作当中，我意外地解决了这些年一直困扰我的不知如何切入时代、书写当下社会的难题，再一次，我的报恩获得了巨大的回报。

我不能记起来第一本《悲惨世界》是从哪里得来的，有前皮没后皮，确切点说是第二部《珂赛特》，只记得在一个百无聊赖的雨天时光里，我在老家的屋檐下拿起了它，然后就像陷入流沙一样被吸了进去，浪漫主义鼓荡起我没有信仰的魂魄，深深地记住了雨果和译者李丹的名字。我欲罢不能，读完后倒回去寻找到第一部《芳汀》，并在插页上看到了雨果的照片，他和我心目中的文学大师长得分毫不差。其后，我多年着迷于阅读雨果，搜集购买到他所有版本的全集和作品，凡我有书架的地方，都有一套雨果文集，他是公认的浪漫主义教父，但他笔下的芳汀的悲惨命运，主教对冉阿让人性的转变，以及他对宗教的长篇累牍的评述，还有他笔下拿破仑的滑铁卢之败都是那样直击人的精神归宿和人类社会的本质以及人生的苦难。很多年里，我都怀疑雨果不是一个人而是一个神。和王小波一样，雨果对我的影响是巨大的，我所有的作品都摆脱不了他们的巨大影响。

## 之四

迄今为止，我认为自己最具有文学品质的长篇小说，还是第一部《奋斗期的爱情》。那是受到陀思妥耶夫斯基的《被侮辱与损害的》和卢梭《忏悔录》深刻影响的作品，它几乎具有西方经典小说的所有元素，虽然笔触稚嫩，却格局合理、营养全面。正是在乔文波的介绍下，我在1998年应聘山西日报社编辑的时候，到他的同学杨东杰的出租屋里借住，以文学的名义我们一见如故。虽然同样出自晋东南师专中文系的杨东杰和乔文波同样“傲慢和自负”，我还是用自己的韧性从他那里获得了新鲜的补充。像乔文波问我知不知道马尔克斯一样，杨东杰问我知不知道陀思妥耶夫斯基，这个名字太长了，我不能复述，就无法假装知道。杨东杰嗜书如命，据乔文波讲，上大学的时候，他读西方大师的作品，都是把一个人的所有书借出，全部读完后再读下一位的，如此厉害的人物不是我浅薄的文学修养所能对话的。但我的精神胜利法是学以致用和“走着瞧”，因此我死缠烂打从他手里借出了陀思妥耶夫斯基的《被侮辱与损害的》，并且看了两遍。在此期间，他竟然打电话问我要了不下三次，生怕我丢掉。就是在杨东杰租住的平房里，他像乔文波向我灌输池莉、方方和陈染一样，让我知道了余华和朱文。其实早在我上中专的时候，就在一本杂志上读到过余华的《活着》，当时宿舍的同学都出去玩了，我一个人躺在高低床的上铺边看边流泪，只是不知道作者就是余华，而《活着》是他最好的作品。但杨东杰坚持说余华最好的作品是《在细雨中呼喊》，并强迫我阅读它验证一下。我和他住在一起的那几天，一直在读这本书，我觉得从命运感来说并不如《活着》好。可怜那个时候我哪里能体味一部作品的文学品质啊。我能清楚地记得杨东杰站在他的藏宝洞一样的书柜前，给我大力地推介朱文多么有张力，他说得太专业了，我不能理解，我理解“张力”这个词，是李巍在第一次打电话时这样夸我的小说。但他的推介起了作用，我两年后读到了朱文，并且觉得朱文真的很厉害，我有几篇小说受他影响很深。后来朱文突然不写了，去拍电影，我着急看他的新作看不到，很不理解他那么有才气干吗要放弃。现在我理解了，朱文的写作激情来自年轻时和这个社会的对立情绪，后来年纪大了，人平和了，也就无话可说了。

我年轻时最狂妄的一个念头是，离开山西，搬到青岛的海边去专业写作。这个不切实际的想法是夭折在我第一篇小说的责编祝大同老师口里的。在《大家》一次性发表四篇小说后，我在太原尔雅书店门口邂逅了祝大同老师和他的夫人，给他透露了我的雄心壮志。祝老师当时绽露着他标志性的玩世不恭的笑容说：“我劝你还是别这么想，《大家》、《花城》这样的刊物，文学标准不太靠谱，他们的认可说明不了你就写成了，不信走着瞧。”不幸被他言中，不久李巍老师退休，又过了几年，《大家》居然停刊了！

被第一篇小说的编辑泼了一头冷水，使我成为一个安分守己的人。也是那次在尔雅书店买到了卢梭的《忏悔录》，没读几页就有了写部长篇的冲动，于是每天晚饭后，在《山西日报》大楼十九层的楼道尽头打一盆开水，回到办公室，放在实木的办公桌底下，把脚泡上，用《山西日报》专用的二百零八个字的稿纸写三千到五千字，坚持了一个多月，完成了第一部长篇小说《奋斗期的爱情》。拿给《黄河》杂志的张发主编看，张老师很兴奋，给我发了个头条，转过年来，被长江文艺出版社李新华老师青眼有加，收入了著名的“九头鸟文库”，与梁晓声《婉的大学》、方方的《何处家园》、阎连科的《斗鸡》并列，我俨然成“大家”了！最使我引以为傲的是《奋斗期的爱情》的章节标题，参照了雨果的习惯和风格，叙事笔调深受陀思妥耶夫斯基《被侮辱与损害的》影响，而在书的正文前面，我像西方作家常引用《圣经》的话那样，引用了卢梭《忏悔录》里的一句："虽然我的血液里几乎生来就燃烧着肉欲的烈火，但直到最冷静、最迟熟的素质都发达起来的年龄，我始终是守身如玉地保持住纯洁。"

省委宣传部分管山西日报社的薛副部长的公子薛飞飞，是个内心风花雪月的散文家，我们成了好朋友，他送给我一套《博尔赫斯全集》，我兴奋得老虎吃天不知从哪里下口。那是2002年的光景，我不能肯定是不是博尔赫斯看多了，以至于直到2004年，我所有小说的灵感和素材都来自梦境。日常生活的经验，常常在我的睡梦中反射成奇幻的故事再现，睁开眼睛后我抓住它的尾巴，很有感觉地敷衍成小说，也是那个时候作品开始被转载和收入年度选本。2004年我把十二篇以梦境为素材的小说排列在一起，惊奇地发现它们从形式和精神上都是连贯的，自然就是一部长篇小说。当时网络上小说社区正如火如荼，我把它贴到了搜狐文化的小说社区，很快被一个书商的弟弟卢山看上，拿去出版了，就是《公司春秋》。

《公司春秋》的出版也暴露出我创作上一个致命的困境，那就是生活积累几乎用尽了，原料告罄，很多素材在多部作品上使用。就在这个时候，山西省作协选拔青年作家下基层挂职体验生活，我报了名，并最终入选。2005年的元月我结束了省报文学编辑的生涯，被组织部一纸文件安排到故乡洪洞挂职锻炼，因为县政府还没给我安排好分工，其间有了三个月的空当期，我便在新浪读书网上连载了长篇小说《婚姻之痒》。因策划出版"布老虎丛书"驰名书界的春风文艺出版社总编辑臧永清致电给我，签订了首印四万册的出版合同，但是很快臧总被出版《谁动了我的奶酪》而走红的中信出版社挖去了，他签下的书稿成了悬案。就在这个时候，如今民营书商的大鳄磨铁图书的总裁沈浩波突然来到了太原，当时他是磨铁的前身铁虎文化的总策划，他找到了时任山西书海出版社社长的航海路，希望通过他来问我拿到《婚姻之痒》的书稿。而沈浩波的弟弟，时任新浪读书频道的编辑沈笑和我也是好友，正是沈笑向他哥哥推荐了在新浪读书“走红”的《婚姻之痒》(累计点击率四千三百万)。我对沈浩波的承诺并没有抱太大希望，只是因为要下去挂职了，就把书稿给了他。沈浩波却让我见证了有别于传统出版机构的巨大能量，在他的营销之下，《婚姻之痒》成为《当代》杂志统计的当年全国新华书店文学类畅销书第五名。

我一直认为一个好作家在任何时代都是可以用笔来养活自己的，刚参加工作时我验证过一次，1997 年起靠投稿月入六百元，当时县城正式干部月工资三百六十元；世纪之交我验证过第二次，靠给报纸杂志写随笔月入六千元，当时省报工资一千九百元，只是怕把自己的聪明零售了，才集中精力写小说；而《婚姻之痒》在网络上造成的巨大影响，和民营书商推动的畅销，使我彻底改变了自己的生活，靠着一部小说的版税和影视版权买到了一套房子。《婚姻之痒》在网上连载的时候，很多网友留言说这部书使她们决定保持独身，而很多夫妻把它打印下来作为生日礼物互赠。这部书使我坚定了一个作家应该影响时代的信念，虽然在某些评论家眼里，看上去一个有希望的青年作家正往非主流的文学道路上下滑。

## 之五

在等待回故乡洪洞挂职的那三个月里，《婚姻之痒》交付出版后，衣锦还乡的骚动和对故乡风土人情的回忆，使我产生了创作的冲动，不知不觉开始写作一个跨度长达六十年的风俗史小说，在回忆中塑造了我出生的那个小村庄一个叫兰英的传奇女人，以及她的命运遭际和抗争精神，可惜的是写了六七万字，县里就通知我回去工作。适值曾在《十月》杂志做过编辑的凌翼老师约稿，就给了他，发在《现代小说》2006年“寒露卷”的头题，他在卷首语中说：“这期的‘开卷’浓墨重彩地推出了山西作家李骏虎的中篇《炊烟散了》，这绝对是一幅让人耳目一新的乡村画卷，读者肯定能有赏心悦目的收获。”而此时他的赞扬激起的已经不是一个青年作家的文学情怀，却成了一个春风得意的年轻人憧憬着建功立业的文化标签。

我挂职的是县长助理，其实是民主副县长的角色，分管过文体、广电、教育、保险、石油，协管过林业、旅游、科技。从2005年到2009年整整干了快满一届，建设了洪洞县文化活动中心、重修了飞虹影剧院，把洪洞县失去的全国文化模范县的称号又夺了回来；并且创造了一项至今全国县份无人能破的纪录，那就是同一个年份成功申报三项国家级非物质文化遗产项目。我分管教育的时候，完成了省属、市属三家国企的学校的数百名教师和数千学生的移交地方工作。还当选为洪洞县的第十三届人大代表。至于上山下乡、走村入户那是家常便饭，想方设法帮助老百姓解决饮水困难等事情就更多了。至今洪洞人都喊我李县长，对当年的文化县长，那是“到处逢人说项斯”。一度，我觉得自己在政府工作方面比写作上更有才能，如果不是那时山西省作协推荐我去上鲁迅文学院的高研班，我可能已经不再写作了。

在挂职的那四个年头里，我几乎没有写任何小说，连阅读都变成了历史书籍，虽然有时候真的很手痒，但那种功利、浮躁的心态是不能用来创作的。所幸，2007年的9月，山西省作协推荐我去鲁迅文学院第七届中青年作家高级研讨班学习。在第一堂课上，我就发现自己其实一直在寻找着写作上一个质的飞跃，这两三年我一直没写作，是因为不知道该如何突破困境。在那堂课上，时任鲁迅文学院常务副院长的胡平老师用他略含嘲讽的语调说：“一个好的作家，他写出的作品那是应该照亮人生、照亮灵魂的。”他提出：“真正的好作品是这个时代绕不过去的，比如说陈忠实的《白鹿原》，茅奖想不给他都不行！”我就像孙悟空当年听到菩提法师讲道一样心花怒放、心领神会。在鲁院的课堂上，我几乎获得了新生，每一次讲座都能有重大收获。《人民文学》主编韩作荣老师给我们讲诗歌美学，老诗人娓娓道来，引用了一个著名诗人的几句诗，最后一句是“前面就是夏天”。我一下子就被击中了，把这句诗写在笔记本上备用。鲁院的一个伟大之处是，调动你的创作冲动，然后给你大量的空闲时间，就在这样的理想环境中，我重新拿起那部写故乡风俗史的小说，为了试笔，润开我干结多年的笔头，我先用兰英的闺女秀娟写了一个中篇，同时也是在实践着胡平老师关于小说的指导。回顾自己在外求学、工作多年，以及重新回到农村的这几年，我发现自己的血脉里流淌的农民的血液一点都没有变质，我是那样的渴望回到庄稼地里去劳作，走在村里的大路上我感觉是那样的坦然，和乡亲们搭几句闲话都让我觉得快乐和幸福，我从灵魂深处对生我养我的那块土地充满了无法形容的热爱，想起这些，我浑身洋溢着对故乡的土地、庄稼和人们的爱和幸福感。也是在鲁院期间，我的女儿出生了，我成了别人的爸爸，突然就懂得了人世间最大的幸福其实是付出爱，能不求回报、毫无保留地付出自己的爱，就是真正的幸福和快乐。我想，我应该写一部作品，献给那些灵魂纯净的人们和与他们的生命同在的大爱！完成后，我把韩作荣老师那句“前面就是夏天”拿来变通了一下，用作这篇小说的题目，它就是后来获得第五届鲁迅文学奖的中篇小说《前面就是麦季》。这是一部关于付出爱、关于乡村生活的诗意、关于生命的生生不息、关于灵魂的纯净的小说，但它首先是一部关于爱的付出的作品。付出爱，获得心灵的幸福和灵魂的安宁，这是主人公秀娟的信仰，是中国乡村女性的信仰，是和土地朝夕相处的人们的信仰，也是我这个泥土捏成的娃娃的信仰。

从前，我在《人民文学》、《小说月报》等刊物上发表的写城市体验和梦境的小说，并没有成为无效信，我的鲁院同学郭海燕和毕亮到我宿舍看我时说："我们上大学时就喜欢读你的小说。"当时我还有些汗颜。而当著名作家刘醒龙老师来鲁院为他主编的《芳草》杂志选择"年度精锐"专栏作家时，作为《芳草》小说编辑的郭海燕理所当然地推荐了我，这个专栏的第一篇作品就是《前面就是麦季》。

紧接着，《十月》的主编王占君老师约我写部长篇，我就在《炊烟散了》和《前面就是麦季》的基础上，完成了长篇小说《母系氏家》。《前面就是麦季》的精神向度使得这方面有所欠缺的《炊烟散了》也一下子有了灵魂和思想，使得我很顺利地完成了长篇小说《母系氏家》。2008 年第四期《十月·长篇小说》头题发表了这部只有十万字的长篇小说。2009 年，挂职结束调到山西省作协工作后，我用了三个月的时间，又把它重写过了，篇幅增加了一倍。《母系氏家》是我心里最有底的一部作品，我对它寄予厚望，因此《十月》发表后，成书之前，我进行了逐字逐句的修改，增删过半。一来我希望它能成为我的代表作；二来我希望它能开一个从风俗史和人的精神角度去描写乡村世界的先河，我希望我呈现的乡村是醇香的原浆。而修改前的《母系氏家》达不到这两个目的，有三个原因：一个是原先的结构和叙事都有明显的中国古典话本小说的痕迹，线索和人物关系都比较单一，不具备一部厚重的现代小说的复调结构和交响乐的效果；二是自然和社会背景过于淡化，时代感和风俗味不足；三是人物的精神世界缺乏广度和高度，造成作品的精神内核不够强大，感染力有余而冲击力不够。这些都不是简单的修改所能解决的，因此在和陕西人民出版社签订了出版合同后，我决定用比较长的时间来进行重新写作。这一重写，收获很大，发现原来的故事节奏过快，缺少闲笔。一部好的长篇小说，要把人物命运放到社会时代背景上去，既要把风云变幻写出来，也要把风土人情写出来，而且，在故事进行的过程中，要有意识地慢下来，或者干脆跳出故事，去谈点题外话，或者写写风景，这样才能更好地把握节奏，让小说离故事远一些，靠艺术近一些。再就是，小说的灵魂人物由原先好强的母亲兰英，渐渐转移到了善良的女儿秀娟身上，这个姑娘，终生未嫁，“质本洁来还洁去”，对她的世界里的人们给予了博大的爱和无限的包容，她是乡村精神世界里淳朴和美好的高度凝结体，她的灵魂是纯净和高贵的。要塑造这样一个菩萨和圣女般的人物，用中国话本小说的技法是无法完成的，只能借鉴西方名著的方法去刻画她的精神世界，好在，我阅读过许多大师们的杰作，他们能够像上帝一样指引迷途的羔羊，使它回到丰美的草地，也能使我的精神回到我笔下的故乡。

长达四年的挂职体验生活和短暂的鲁院学习生活，这一前一后真是个奇妙的组合，它们接力完成了对我的潜移默化，同时完成了自己的回归、转型和突破。在外界看来，我的转型似乎是刻意的，但我知道是遵循了自身的创作规律的，我在最有激情的年龄写个人体验，在走向成熟的年龄写自己最熟悉的乡村，在有一定阅历之后写历史，以后在把握一段历史规律之后写当代，这都是有点“随波逐流”的感觉的。

## 之六

山西省作协的办公楼，是阎锡山在太原的一处老宅，属于太原市的一级文物保护单位。据说，五妹子阎惠卿生前一直住在这里，因为历史并不久远，这一点是确凿的。出了南华门东四条，左拐就是府东街，如今省政府的办公大院，就是阎锡山当年的督军府，也是后来的绥靖公署。我从开始写作就常跑作协投稿、开会，如今又调到作协工作，每天进出于阎锡山曾经进出的宅第；有几年张平是山西的副省长，找他批文件就要去省政府——往返于阎氏老宅和“督军府”，没有想过有一天会拽着他顺藤摸瓜，探究才去不远的那段历史。

作为深受“山药蛋派”影响的山西作家，我的写作从现实主义起步，但审视自己的创作和作品，依然有大的不满足，尤其是长篇作品，明显缺乏大作品不可或缺的历史背景。没有对历史的参照和思考，对现实的表现和关注就是无力的。于是，就有了寻找一段可表现和把握的历史的想法，通过廓清历史，形成自己的认知观念，并为创作和作品提供一个深远而强大的背景。

于是，我想到山西在抗日民族统一战线时期的重要地位和复杂形势，就查阅了从阎锡山请薄一波改组牺盟会到“晋西事变”国共决裂的史料，一下子就陷入这段历史当中去了，并产生了强烈的创作冲动。这个时候中国作协征求定点深入生活创作项目，我就顺理成章地申报了这个选题。申报通过后，我先后在晋西南乡宁县参观了当年著名的“关王庙战斗”遗址，还有阎锡山指挥第二战区反攻日军的云丘山“五龙宫”，以及这一带的人文地理遗址。在隰县，采访到了“山药蛋派”五老之一西戎老的发小、和他一起参加牺盟会的九十二岁高龄的常培军老人。这次深入生活对我来说是一次历史常识扫盲，关于山西对华北战线以及全国抗战的地位和贡献，还有随着抗战形势不断变化的政治和军事博弈，之前我还没有读到全面和正面表现的大作品，而表现这一时期复杂的政治和战争形势、塑造山西战场的爱国将士的文学作品还相当匮乏，从这个意义上说，作为一名山西作家，我有这个责任和义务去完成它。

对于我来说，廓清这段历史还有一个意外的收获，那就是通过对历史真相的探究和认知，形成了历史观念和对现实的参照，有了这个参照，对于站在历史角度审视当下、反观时代和社会就有了一个质的变化。用历史眼光看当下，还是站在当下看当下，对一个作家的创作来说是两个概念，对于作家本身来说也是两种眼光和境界。我想我会用很多年来表述这段有着特殊意义的历史。同时它也解决了我一直以来的心结，一个作家，不了解一段历史，没写过一段历史，他的历史观是有缺陷的。我很感谢能和这段历史结缘，让我有机会去表述一个宏大的历史背景和不同立场的历史人物。写作现在对于我来说，就是展现人的命运，以及表现历史和当代的关系。

这个题材被中国作协确定为2012年的重点作品扶持项目，题目是《中国战场之共赴国难》。

在创作上，除了找历史感之外，我想实践“去小说化”。对这部历史小说而言，我想让读者像读史书一样信任我的小说。这里面，还有一个原因就是这么多年，我对中国当代小说的拿腔拿调厌烦至极，我要去小说化，就是要摒弃这种讨厌的小说腔。为了给长篇做准备，我先用这个素材写了一个中篇《弃城》，得到杨新岚老师的认可，发在《当代》上。

现在，我打心眼里喜欢托尔斯泰，一遍又一遍地阅读《战争与和平》、《安娜·卡列尼娜》，而且我已经理解，现实是文学上一切主义的起飞点和落脚点。我说最先锋的就是现实主义，正是因为现实的“超验性”。而我坚定现实主义的创作道路，也正是看到了它的包罗万象涵盖一切，在我的所有作品中，即使是最“现实”的作品，也总是不自觉地运用着“超验”，它仿佛神性的东西，赋予作品以灵性。我不认为现实主义的创作束缚了我以前作品里明显的超验性，相反，我觉得是现实赋予了超验更大的艺术表现力，超验之于现实主义，就像闪电在乌云和大地之间窜动。

阅读和写作这么多年，我发现自己对于所有经典都没有了排斥感，抓住就能读进去，而且非常享受。写作上也逐渐领悟到古人对音乐真谛的评价——“丝不如竹，竹不如肉”，任何巧妙的构思，都不如发乎心灵的文字。

# 卷三 致我们永恒的文学之心

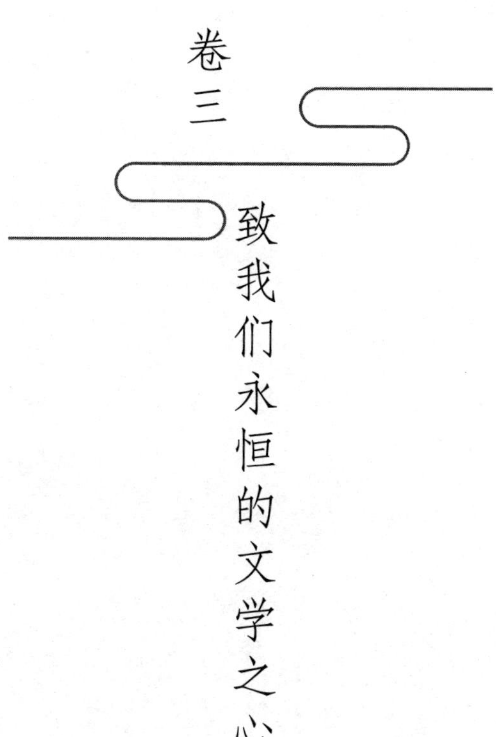

# 赐生我们的巨树永青

和哈尔滨2016年冬第一场大暴雪前后脚，我第二次来到东北采风。行前有同事和朋友不理解，问我：你的《中国战场之表里山河》要写的是山西的抗战，跑东北去干什么？的确，我去年出版的《中国战场之共赴国难》写的是红军东征山西促成抗日民族统一战线，如今正在写作中的续篇《中国战场之表里山河》当然也是写山西的抗战；就连同时入选2016年度中国作家协会重点作品扶持项目和作家定点深入生活名单的长篇小说《巨树》，公布的定点深入生活地也是我的故乡洪洞县的一个村落，我为什么要连续两次千里迢迢去东北采风呢？

我哪里是去东北采风，我也不是去采访什么人，我是去“采心”的。

我是在2014年创作《中国战场之共赴国难》的过程中，慢慢发现在所有的创作准备中，比资料准备、人物准备、思想准备更加重要的，是心灵准备。2015年9月，在《中国战场之共赴国难》得到文学业界和图书市场的双重肯定，我连篇累牍地写完报刊约稿的八篇创作谈，开完第二个研讨会之后，只身飞到了东北，为的只是感受一下我在这部长篇小说的开篇写到的“九一八事变”时的季候和气温，抬头望一眼东北的天空和云彩。一个多年沉浸在抗战历史中的作家的心情不是读者都能感知的，我在作品出版之后才来“采风”，看上去是“马后炮”，实际上是在为接下来的《中国战场之表里山河》的创作做心灵准备，小说的历史背景和人物塑造可以通过打通史料来完成，但那些穿越时空贯通作家和人物灵魂的神秘的信息，只能用心灵的雷达来捕获。

那次在东北，朋友听说我来，特意安排了两次抗战文学报告，因为我的时间紧张，报告在同一天进行，上午在鞍山市政协，下午在铁东区委、区政府。在交流中我问大家：在座谁能够理解，当年东北军撤退的时候扔下几百架飞机、数千门大炮，置白山黑水三千万父老于不顾，到底是为什么？没人能够回答我，历史有时候就是那么沉默。我之所以痴迷于抗战史的研究和小说创作，除了爱国的基本情感，何尝不是为了解答自己心灵的困惑。而今我再度来到东北“采心”，只是为了领略一下风雪中的严寒，感受一下在极寒的环境中那些在野外坚持斗争的抗联战士的身体和心灵经受的考验，还有那些生活在沦陷区的爱国人士胸中滚动的热流和这令人缩手缩脚的气候的矛盾与融合，或许他们不会成为我笔下的人物，但我正在创作的太原沦陷期间人们千方百计地不当汉奸的民族气节，同样也是对他们心灵的书写和灵魂的再现。像巴尔扎克那样惊人的创造力，也不是凭空想象，他在小说中若要写到某种场景，只要有可能，他都要去做实地考察，有时不惜作长途旅行去看一看他要描绘的某条街道或者某所房子。我要写抗战，要感受当年民族危亡的氛围，怎么能不去东北的黑土地上多走几次？

好作品都是走心的，哪怕纪实文学也是这样，因为《中国战场之共赴国难》在史实和人物塑造上的“逼真”，在后来的茅盾文学奖评选中，引起了到底是虚构作品还是纪实文学的争议，虽然影响了成绩，但我由衷地感到高兴，我用文学的手段还原了历史，这就对得起自己的文学之心了。

2016年的国庆节，我利用假期回到故乡洪洞县，来到我准备创作的长篇小说《巨树》的定点深入生活地：大槐树镇营里村。我把定点深入生活地点放在这里，是有私心的，我爷爷出生在这个村庄，他是从这里的阎家过继到二十里外的甘亭镇李村的。我从少年时代起，就对这里充满了寻根的好奇。在我的笔下，营里村原来叫皂铁庄，因为抗战时阎锡山的晋绥军警卫营曾在这里驻扎，所以改名为“营里”——这实在是一种想象的移植，因为营里村历史上因为处于汾河和涧河的交汇处，犹如二龙戏珠，春秋末期即名“龙坡”，东魏孝静帝时派大将木耳连杰在此扎营防御异族，改名为营里。而我杜撰的“皂铁庄”，原型则要沿着汾河南行十几里水路，是汾河滩涂上一座被遗弃了三十多年的老村落，那是我外公的村庄，我孩提时曾在沟渠间的那棵巨大皂角树下玩耍，这棵象征着人民力量的巨大皂角树就是书名《巨树》的由来。每次当我读到穆旦的诗句“而赐生我们的巨树永青”，都会失神地想起那棵春天黄色的花蕊如同鸟雀的黄嘴，而秋天又满树悬挂着如铁如刃的皂角树来。在创作这部作品的过程中，我需要不断地回到这里，观察这里的植被种类，季候变化，风土人情，我需要不断地和老老少少的人们交谈，听老年人回忆，审视年轻人身上残存的祖辈的影子，在田野的风中感受心灵的交汇如同历史的天空风云际会间游走的闪电。

我总在不断地回到故乡，每一次都感觉到返回心灵牧场和精神家园般的如沐春风。每个作家都有自己的写作富矿，离不开自己最充沛的生活资源，那里有他最熟悉的人们，有赋予他灵感和激情的土地。即使在把抗战历史作为主要创作方向的现阶段，我也没有中断乡土文学的创作，因为“魂梦系之”，那些人物和他们的命运故事常常自己就“入梦来”，成为我笔下的形象。每次回乡，我都没有带着“采风”的目的，我是回到生养我的晋南沃土上去修养心灵的，但当每次离开时，除了汽车后备箱里被塞满了米面瓜果豆角红薯，心里也记住了七叔八舅三姑四婆，足够我在一段相当长的岁月里慢慢咀嚼，慢慢书写。

《中国战场之共赴国难》出版之后，作为一种休息和调整，我完成了长篇小说《众生之路》。这部作品，可以说是《母系氏家》的续篇，不同的是，《母系氏家》是我依赖对乡村生活和人物的记忆创作完成的，时间跨度是从20世纪50年代到世纪末我离开乡村的时候；而《众生之路》则是从20世纪80年代直到现在，是在我结束四年的挂职体验生活离开故乡，又不断地回到故乡的过程中，看着、听着、想着、写着，几乎是亦步亦趋地完成的。《众生之路》写了一个小村庄固守了三千年的传统农耕文明，在21世纪初迅疾生长的工业文明摧枯拉朽般的冲击下，终于变成工业园区的过程，也记录了男女老少们的坚守与妥协，他们的生与死，爱和恨。乡村精神乌托邦的毁灭过程，令我感到触目惊心，心灵的隐痛有口难言，我没有权利成为评判者，我能做的只是用文学的方式去呈现。2016年8月在北京召开的“新世纪‘三晋新锐’作家群研讨会”上，评论家胡平老师说：李骏虎从《母系氏家》的表现到《众生之路》的呈现，显示了一个作家的成熟。还有专家认为《众生之路》写出了时代的痛感。

我有痛感，是因为我的根扎在这片土地上，我和那里的人们魂梦相依，在乡村城镇化的进程中，他们离开祖先的土地，扯断世代盘根错节的根须时，怎么会不感到疼痛呢？我的写作，不是为了疗伤，而是为了人们有一天可以从我的作品里寻找到他们的乡愁。

# 《奋斗期的爱情》修订本附记

是的，我正是借本书再版之机附庸风雅，又一次模仿我钦敬的大师们的做法——我看到雨果 1832 年的 10 月在《巴黎圣母院》再版时写了《定刊本附记》，才想起写这样一个附记。

必须要承认，十三年前，在《奋斗期的爱情》创作之初，我就笨拙地模仿了三位大师：首先，是在思想方式和创作态度上模仿了卢梭的《忏悔录》；而用分卷的形式来划分章节，并且给每个章节都用一句点题的话来提纲挈领的做法，显然就是雨果的作风；在那之前，我还无比热爱地阅读了陀思妥耶夫斯基的《被侮辱与损害的》和小仲马的《茶花女》，尤其在行文风格上受了《被侮辱与损害的》影响，以至于使这部小说在当时显得有些与众不同。

正是基于如上三方面的原因，在我二十五岁的时候创作完成了这样的一部小说，当时是 2000 年，在我对它没有任何判断的情况下，得到了《黄河》杂志主编张发老师的推崇，在当年的第三期头题发表。接下来，我怀着初生牛犊不怕虎的精神，把杂志寄给了长江文艺出版社的李新华老师，然后就收到了她寄来的合同（十年），居然和当时已经功成名就的一批作家老师们一起入选了长江文艺出版社的品牌书系“九头鸟文库”。正是从那之后，我开始参加山西省作协组织的一些采风活动。记得在长治的一次采风中，我在毫无思想准备的情况下，在很多场合包括月辉泼洒下的西井镇的乡间小路上，被和我年龄相仿的当地作者和读者围拢起来，听他们诉说着自己的故事和《奋斗期的爱情》的共鸣，有一句被重复多次的话击中了我作为一名作家的自觉，他们说：“你写出了我们这一代人的痛感。”在他们突如其来的热烈拥抱中，我第一次体会到作家的感觉和作品的力量。

这本十几万字的小册子，是我的第一部长篇小说，也是我目前唯一一部一气呵成的小说，我用了三个月的时间，每天写三到五千字，那是最理想的创作状态。雨果说：“接枝法和焊接法只会损害这一类型的作品，它们应该是一气呵成的，生就如此的。”而其后我的多部作品，包括畅销书《婚姻之痒》和代表作《母系氏家》，多少都运用了当时流行的“接枝法和焊接法”，只有《奋斗期的爱情》是一气呵成的。这个相当重要，它决定了作品的“成色”和质地，因此2012年接受文学评论家张丽军博士的访谈时我说：

> 《奋斗期的爱情》可以看作是我的心灵自传，也是我最初和最纯粹的文学观念形成时的重要作品，现在看，艺术上虽然粗糙了些，但精神指向却是最纯粹的。那个时候，刚刚读过卢梭的《忏悔录》和陀思妥耶夫斯基的《被侮辱与损害的》，受到很大震动，激发了创作冲动，调动了生命体验，写作中难免笔调沉重和有痛感，但它却是我的文学观最初形成时的基石，是一个文学青年对文学诚挚的敬礼。

现在，我已经不能准确地记起来，为什么要把主人公李乐设计成一个侏儒的形象，他究竟是受了哪部名著的影响，而他也是我写个人生命体验的几本书中，唯一从我身上脱离开来而形成的一个艺术形象，仿佛灵魂出窍，这也是《奋斗期的爱情》在文学艺术上要比后来的《公司春秋》和《婚姻之痒》品质和成色更要好的地方。如果考虑到我那个时期窘迫的生活环境和燃烧的理想之火矛盾的话，李乐还真是我的精神化身，他的侏儒形象隐喻了我内心深处深深的自卑感，而他像火一般燃烧的理想，像风一样呼啸的勇气，以及像疯子一样与现实的搏斗，同时又是我那个时期的精神状态的写照。我想，这一次我总算把有关于《奋斗期的爱情》的一些事情说清楚了。

如果说有什么创举，那就是我在给小说中的人物起名字的时候，套用了古人的名字，以便于使我的人物性格和古人的名字对号入座，也为了避免现实中的人和小说人物对号入座，没想到这样的做法还得到了很多朋友在创作时的模仿。

那么，有什么必要在十三年后再版的时候去修订它呢？雨果说过："作品一旦出版，它的性质不论是否雄伟，只要一经肯定，认识和宣布，就如同婴儿发出了他的第一声哭喊，不管是男是女，它就是那个样子了，父母再也无能为力了。它今后属于空气和阳光，死活只好听之任之。你的作品是失败的吗？随它去吧，不要给失败的作品增加篇章。它不完整吗？你应该在创作时就使它完整。你的树木弯曲虬结吗？你不可能使它再挺直了。你的小说有病吗？你的小说难以成活吗？你无从把它所缺乏的生命力再赋予它。你的戏剧生来就是断腿的吗？我奉劝你不要去给它装上木腿。"好在，我要做的不是增加篇章、使树木挺直和安装木腿的工作，这部小说也不缺乏生命力，我要做的只是修枝剪叶的工作。这次所谓的修订，除了对当年用的不是很恰当的词句进行修改，还做了一点点润色的工作，然而最大的改变是扬弃了章节划分上对雨果作品的模仿，因为我发现只有雨果神一般的巨著才可以分卷，每卷分章，每章分节，而我这本薄薄的微不足道的作品，居然也敢采用分卷的形式，当年真是年少轻狂，自不量力啊！因此，我用扬弃这种形式来表达我对雨果的敬畏！

古人说，文无第一武无第二，大概每个作家都觉得自己是被低估了的，厚着脸皮说，我也是这样。当然这里面有很多客观因素，比如对评论家的不屑，对宣传的不屑，更多的是内心深处的狂妄自大。因此，我至少认为《奋斗期的爱情》和《母系氏家》是被低估了的。《奋斗期的爱情》当年初版的时候只印了八千册，大概给图书馆配送一下子，书店也就没几本了。因此在网上书店有书影和介绍，点击的时候却没有存货，大概最近几年来都是这样。而更有趣的是，几乎所有网络销售渠道关于这本书的广告语都是一样的，它来自我的好友陈玉龙先生当年在《中华读书报》书评版头题发表的书评《和小说共鸣》，在当年为数不多的关于这部书的书评中，玉龙兄的这篇千字文居然不多见地发在头条位置，可见他的文学评论造诣之深以及对拙著的准确判断，因此当北岳文艺出版社要再版《奋斗期的爱情》时，我和续小强社长商议把这篇评论拿来作为序言，他欣然同意了。小强兄腹有诗书，交游广博，种种选题，令人振奋，因此我有意渐渐把自己作品的版权都往北岳社归拢。这世界上的事情，看你怎么做，更看你怎么看：你如果把北岳仅仅看作北方的一座山，那它就有了地域的偏僻；但是如果你把他看作五岳之一，那它就属于领秀天下的五座名山之一。

当年《奋斗期的爱情》初版后，有前辈恩师说它过于“拘谨”了，也有朋友开诚布公地指责它“写得太笨”，更有文学评论家不屑一顾。我知道，很多情况下是因为我惯有的倨傲的态度造成的，其实心底里还是接受并感谢他们的批评的。难得的是，在太原文联举办的一次文学讲座中，《奋斗期的爱情》得到了文学评论家施占军老师的肯定，说它具有经典的品质。这给了我莫大的鼓舞。

# 谈我的创作转型

自2008年在《芳草》发表了乡土题材的中篇小说《前面就是麦季》，2009年在《十月》发表了乡土题材的长篇小说《母系氏家》，继而这两部作品分别获得“鲁迅文学奖”（优秀中篇小说奖）和“赵树理文学奖”（长篇小说奖）之后，尤其之后我又转入历史小说的写作以来，不断有关心我创作的师友、读者和媒体的朋友询问我不断调整创作方向的原因。我想，有些内在因素虽然不足为外人道，但梳理一下子还是不难搞明白一些的。

我二十多岁时，从县城调到省城工作，环境的变换对我造成感受上的刺激，对社会和人性产生了诸多思考，也是由于当时正处在对爱情感受最强烈的年龄，这一切的生命体验造成创作的冲动，所以那个阶段写的有关城市生活体验、感情体验和个人精神世界的作品比较多。靠调动个人体验创作，这在一个青年作家，是很正常的阶段。

从世纪之交到2004年的四五年时间里，我都处于自己的第一个创作阶段，就是写个人体验，是一个年轻人从农村来到城市后对爱情、人性、社会的感知和书写，集中发表了很多作品。但是很快出现了问题，写作素材开始重复，而且重复使用率越来越高，一个素材，短篇用了中篇用，中篇用了长篇用，我开始恐慌，发现生活储备真的可以用尽，第一次，我切身体会到作为一名作家，应该把表现对象从个人体验转移到社会大众。我开始向山西省作协寻求帮助，积极要求深入生活，正巧山西省作协物色青年作家挂职体验生活，我就被派回故乡洪洞县挂职县长助理，并且积极地投身到当地的实际工作。

然而，我没有想到，作为一名作家，我缺乏的，不仅仅是对现实生活的了解，更是对时代变化和社会状况的基本认知。即使回到了我的故乡，再次面对我熟悉的人，也带给我强烈的陌生感——这种陌生感，就是一个从个人体验出发的写作者和现实生活的距离。就是在这个时候，我把笔触转回我生长了二十年的乡村，开始写我最熟悉的那些人和事。当然，写过去的乡村生活不足以表现当下的时代价值和社会状况，但文学的任务是分区域的，对于我来说也是分阶段的。我通过从过去到现在乡村的书写，完成从对个人生命体验到对更广大世界的关照的过渡。从一个狭窄的视角，转为较为广阔的视角，这是作家走向成熟所应该经历的，是自然的阶段转变，而不是什么刻意的转型。

2007 年后半年进入鲁迅文学院第七届高研班学习后，鲁院浓厚的文学氛围和科学的教学安排，调动了我尘封多年的生活储备，接连完成了多部中篇小说和一部长篇小说。回过头来看，挂职体验生活，得以近距离地直面社会现实，使我深刻体会到生活远比想象要精彩，它就是作家取之不尽、用之不竭的创作源泉。多年的挂职体验生活，同样改变了我的文学观念，使我从热衷各种探索和实验渐渐回归到现实主义的创作道路上来，发现现实主义才是最先锋的，走现实主义道路的作家，是最具有探索精神的，他们直面现实、直面矛盾，直面人的生存现状，同样直面人的精神境遇，他们是时代的代言人，也是历史的记录者。放眼世界文坛，托尔斯泰、巴尔扎克、狄更斯等，伟大的现实主义大师灿若星辰，那些烛照我们心灵的伟大作品，那些引领着人类永不停歇的精神脚步的大师，莫不是现实主义道路上的实践者和探索者。他们为人类留下不朽的精神财富，他们对芸芸众生的悲悯情怀，他们对人类博爱精神的讴歌，永远激励着我们前行的脚步，也成为后辈作家仰望的灯塔和精神导师。

作为一个作家，我对自己有着清醒的认识，我是一个理念先行的作家，对自己的创作阶段，我也能够清楚地预见和把握。我的创作经历或者正经历着四个阶段：第一个阶段是写个人体验，是一个年轻人从农村来到城市后对爱情、人性、社会的感知书写，这个阶段有很多作品，短篇小说如《流氓兔》、《局外人》、《解决》，长篇小说如《奋斗期的爱情》、《公司春秋》、《婚姻之痒》，当然更多的文字谈不上是作品，只能说是练了笔，回报是当了一回畅销书作家并获得了“庄重文文学奖”。第二个阶段是寻根写作，回归到自己最熟悉的农村，以故乡的风土人情和人物为对象，书写他们的精神和生存方式，这是最得心应手的一个阶段，作品不多，但带给我的荣誉最多，比如中篇小说《前面就是麦季》获得“鲁迅文学奖”，长篇小说《母系氏家》获得“赵树理文学奖”。第三个阶段在我的计划中原本是要写当下，写时代，写城市和社会，但我发现我没这个能力，我把握不住时代脉搏，也看不清时代方向，更不知道这个时代人们恒定的价值观念是什么，无法把复杂的现实和人性转化为作品，于是为了锻炼自己的眼光和思考，我决定先选取一个历史阶段来做个深入研究，也就是说通过对历史的认知和历史小说写作，来锻炼自己的历史眼光，然后再用历史眼光来观察当下。于是乎，第三个阶段就变成了历史小说写作，我选取了抗战时期对全国有着重要的战略意义的山西抗日民族统一战线，在中国作协的帮助下到晋西南定点深入生活，采访并搜集各种资料，原本打算写一系列的中篇或者一个长篇来表现当时全民族同仇敌忾的爱国精神，结果只写出了一个中篇《弃城》，发在《当代》上。直到最近，才由完成了一个相关题材的短篇《刀客前传》，并真正进入长篇小说《共赴国难》的创作状态。然而我的终极目的是第四个阶段，能够像巴尔扎克一样书写当下，书写我们身处的这个时代。

评论家傅书华在《笔走龙蛇各呈异彩——2012山西中短篇小说年度报告》中对我下了这样的判断：

> 李骏虎在本年度发表的三部中短篇小说中，最重要的自然是中篇小说《弃城》了。《弃城》以真实的史实为写作基础，写阎锡山部下的一个旅长，带领自己的部队，在自己的家乡——隋唐时代所建的极为险要的军事要塞打击日本侵略军的故事。史料的引入，地理景观的如实再现，事件的构成，都显示出作者力求给读者以历史事实真实感的努力。小说的内容是坚实的，故事是引人的，人物性格的塑造也是生动的。但作品对于李骏虎创作的真正价值不在这里……这部作品之于李骏虎的意义在于，李骏虎在对现代都市中青年一代人的现代生活及中国乡村生活做了大量相对成功的描写之后，试图从《弃城》入手，走进历史的深处，洞悉历史的真相，从而在观察今天多样、浮躁、平面的社会现实时，具有历史纵深感的眼光作为支撑，因为只有具有历史的纵深感，才能对现实作出更准确更有力的判断。中国一向有文史哲不分的传统，文学是对一个历史时段真相的揭示与洞悉，且在这种揭示与洞悉中，蕴含了社会、人生的

哲理。克罗齐讲：一切历史都是当代史。对于历史的关注，正体现了李骏虎打通文史哲，打通古今，并借此以用文学更深入地进入、理解今天现实的努力。李骏虎的小说创作，从写现代都市一代青年人的生活，到写中国乡村的人与事，再到写中国的政治历史，从不同的写作向度、内容，来训练、提升自己用文学来对社会现实、人生进行发言的话语能力，这对许多将眼光拘执于某一地域而又自以为是学习福克纳的山西作家来说，是有着启示意义的。

创作是个体劳动行为，是否对别人有启示我不敢奢望，“提升自己用文学来对社会现实、人生进行发言的话语能力”的确是我一直追求的目标。2011 年春，我参加中国作家代表团访问了印度和尼泊尔，在佛陀的故乡蓝毗尼，置身被全世界的信徒用手指涂满金粉的宫殿遗址，聆听着乔达摩·悉达多王子发愿修行、参悟成佛的故事，我深深感到，作为一名作家，要提高自身的修养和作品品质，观察生活、体察众生的确是不二法门。作为王子的乔达摩·悉达多出城游历，在东南西北四座城门口，分别目睹了芸芸众生的生老病死，心生大悲悯，于是决定放弃荣华富贵，去追求解脱众生疾苦的方法，他历经种种苦修而参悟成佛，在印度的鹿野苑向众生宣说妙法。佛的参悟，始于对生活的观察，佛的伟大，在于他的悲悯情怀，这与伟大的作家的追求是别无二致的。我们说托尔斯泰之所以伟大，是因为他对自己作品里所有的人物都具有悲悯的情怀，他和佛陀的追求都是让一切众生成就伟大的生命品质。

观察生活，见众生的生老病死而成就佛陀，同样，深入生活，体察大众的生存状况和精神追求，是作家提高自身修养和作品品质的重要渠道。作为一名写作者，多年来的深入生活使我获益良多。

我深深地感到，深入生活，体察大众的生存状况和精神诉求，是作家提高自身修养和作品品质的重要渠道。真正的作家，是应该对他所处的时代有着思考、把握和表现，甚至对社会生活和历史发展产生独特影响的。了解大众，胸怀悲悯，才能写出有时代特征，有命运感，有救赎情结的伟大作品来。

# 《冰河纪》后记

我反对自己的人生。这不是矫情，是对诗意与自由的神往，和不得不反向生活的无奈。

至少在外在和表象上，我是一个俗人。除非写诗的时候，我的内心无法对人言说，哪怕是最亲最爱的人。

我认为我们写不出好的诗歌来的原因只有一个，那就是我们无法以诗人的姿态活着，我们无法像自己的灵魂一样做一个歌吟的行者。诗人就是诗人，有诗人的表情和眼神、诗人的价值观念和行为方式，有诗人的思维方式和存在方式、诗人的话语和举止，以及诗人的待人接物和人生看法。我们无法完全这样的活着。

有一个悲哀的事实是，我们只有写诗的时候才是诗人，其他时候就是个俗人，甚至是个坏人。所以我们没有给神灵附体的机会，无法复述那原本要昭示给我们，并本该通过我们昭示人类的密语。

聂鲁达一生热爱大海，他把自己的别墅都造成巨轮的样子。当年他到中国来，茅盾、丁玲和艾青告诉他，中文里聂鲁达的“聶”（聂）字是三个耳朵，聂鲁达高兴地说：“我有三只耳朵，第三只耳朵专门用来倾听大海的声音。”因此我们知道他对大海的爱并不是表面文章。这就是诗人了吧，哪怕他看上去是一个外交官。

感谢聂鲁达，这本诗集里有将近一半的诗稿是我拜谒过他圣地亚哥的故居后写出来的，在北半球正走向冬天的时候，我来到刚刚步入初夏的南部美洲，我的诗情在布宜诺斯艾利斯复苏，之后飞越天神一般的安第斯雪山来到智利，在太平洋边的沙滩上留下了脚印，在圣母山的夕照下俯瞰了月光下的大湖一般的圣地亚哥城，之后我就一直在歌吟和诉说。

只有诗歌是无法违心的，无论它袒露的是痛苦还是欢乐，它与我们置身的俗不可耐的世界相对，这是其他的文体所不具备的节操。因此我对它欲罢不能，对痛苦和欢乐同样迷恋和珍爱。

感谢北岳文艺出版社社长续小强先生多年的错爱和友谊，要给我出版第一本诗集（在我长达三十年的写作生涯中，这个时候才出版第一本诗集，它是多么难得和珍贵啊）。关于出版体例我征求他的意见，他建议我写了这个短短的后记，以资纪念还能写出诗来的人生光阴。小强兄是真正的诗人，他出过一本诗集叫《反向》，我猜他要表达的意思和我这篇文章的观点应该是一致的。

我正一步一步走向老迈，这些诗稿记录了我徒劳的挣扎和不甘。

然而我是满足和欢乐的。

此记。

# 致我们永恒的文学之心

## ——在鲁28毕业典礼上的发言

就要第二次离开鲁院了，心里的滋味无法言说。

人生就是这样，有第二次幸运的喜悦，就要承受第二次离别的悲伤。这也是文学的题中之义。

但第二次来到这神圣的文学殿堂，却的确不同。到鲁院回炉，长久以来是历届高研班学员一个美好的期盼和梦想，大家在各种文学会议和采风活动聚首时，这是一个必谈的话题。记得在鲁院成立六十周年纪念座谈会上，不知是李一鸣院长还是郭艳老师提过一句，鲁院正在论证办一届回炉班的可能性。当时以为这只是个美好的愿景，根本不可能实现，谁知道真就实现了呢！真是应了那句话，你不试一下怎么知道，万一成功了呢？所以在刚刚过去的秋天里，我在辽宁秀美的千山采风时，突然接到严迎春老师的电话，问我有没有时间再次回鲁院深造，叫我考虑一下，我一秒钟都没有犹豫就答应了。谁知道，在这个班的背后，鲁院的领导和老师们付出了多少的心血呢？

鲁28不仅是历届学员的梦想，也不仅是鲁院的梦想，它是中国文坛的梦想，是中国文学面向世界的梦想。它在高研班的序列当中是第28届，在深造班或者说回炉班的历史上却是首届，所谓万事开头难，何况这样意义重大的事情。我们不知道在开学之前三位院长和各位老师们做了多少辛苦的争取工作，我们看到的是在开学之后，很多环节还在摸索与完善当中，我们能理解他们的压力很大、他们的期望更大。现在回望这三个半月的时光，鲁28班不是鲁院单方面在办，是鲁院和学员们一起在办，是鲁院和我们这些作家一起在办，我们在共同创造着历史，或许鲁28没有像理想中那么完美，但它是我们共同创造的历史——还有什么比这更重要的呢？

三个半月的美好时光，除了正常的上课，师生共同搞了四次文体活动、两次社会实践，展示了自我，增进了了解，丰富了生活，加深了友谊。套用金庸先生小说里的话，各位朋友来鲁院之前都是江湖上成名立万、威震一方的人物，所以文坛内外许多人都对我们聚在一起的后果持观望态度，对所有问及这个话题的人，我都只回答一句：请相信这个班上的学员都是高素质、充满善意、有着高贵灵魂的人。我们用三个半月的时光证明了自己，也证明了鲁28的非同凡响。我们都愿意为鲁院、为朋友、为同学付出真心，在这里，请允许我代表柳建伟老师，衷心感谢班两委、五位小组长和在各项活动中全心全意为大家服务的朋友：趣味运动会负责人王族、东紫、曾剑，经典诵读会负责人沈念、郜筐、杨则纬、于晓威，乒乓球比赛负责人谢宗玉、曾剑、阿舍，书画摄影展负责人任林举、王十月、杨帆，后勤组负责人周瑄璞、斯继东、王凯，还有配合郭艳老师负责学术成果的李浩、于晓威，两次社会实践的负责人孙吉民老师，还有五位辛苦的组长文清丽、尼玛潘多、赵剑云、曾剑、王方晨，还有在各项活动中主动布置场地、拍照摄影的同学。我更要特别感谢周瑄璞和沈念。周瑄璞是鲁28的“当家主妇”，是两位班主任和全班同学最可信赖的人；沈念是鲁28的劳动模范，他出色地证明了自己对男生和女生都有非同凡响的亲和力，我们有理由对他念念不忘。或许对于作家来说，出作品才是最重要的，但唯其如此，这些朋友们，这些人到中年惜时如金的好作家，甘愿把宝贵的时间用来为大家服务而搁置自己的创作，只说明一件事情，那就是他们对鲁院、对鲁 28 和同学们深深的热爱。他们明白，创作还有一辈子的时间，而我们四十二个人相聚一百多天，这个历史不会重现，此时不付出真心，何时付出真心？能够有机会为这么多好朋友服务，还有什么比这更重要的呢？

对我个人来说，鲁 28 是挑战，也是涅槃。我从小是个不守规矩的人，我父亲一直嘲笑我吊儿郎当了半辈子，他说你想想看，你从上幼儿园开始天天逃学，小学初中装病旷课，好不容易考上了中专又闹着要退学，上班换了四个地方，县报干过、省报干过、政府干过、作协干过，你想想你在哪个单位不是个自由分子？知子莫若父，但我父亲不知道的是，在鲁 28，我一天假也没请过，也从没落下一节课，参加了所有的学员沙龙、文体活动和社会实践，这三个半月里，我把所有的公事、私事都推到了周末，利用双休日回太原处理。因为每个双休日都回家，还被于一分起了外号叫“李周末”。因为我知道，上天对我已经非常眷顾，我不可能第三次来鲁院上高研班了，我要把我所有的有效时间都用来和老师、同学们在一起，或许我们来自五湖四海，我们说话南腔北调，我们有着不同的文学主张，有着不同的人生道路，甚至人生观、价值观、世界观都大相径庭，但有一点不容置疑，那就是我们是永远的同窗、永远的同道，我们有着永恒的文学之心。还有什么比这更重要的呢？

感谢三位院长、教研部和严老师的信任，让我有幸为朋友们服务，担任鲁 28 的班长，虽然搁置了长篇创作计划，但我认为鲁 28 的岁月是我人生最大的收获，我得到了这个世界上最美好的东西，也获得了最珍贵的友谊。

我爱你们！

谢谢大家！